独自走过的日子都有余温

阎连科 著

CTS
湖南文艺出版社
PUBLISHING & MEDIA
HUNAN LITERATURE AND ART PUBLISHING HOUSE

博集天卷
CS-BOOKY

图书在版编目（CIP）数据

独自走过的日子都有余温 / 阎连科著. —长沙：
湖南文艺出版社，2018.8
ISBN 978-7-5404-8812-3

Ⅰ.①独… Ⅱ.①阎… Ⅲ.①散文集－中国－当代
Ⅳ.①I267

中国版本图书馆CIP数据核字（2018）第171952号

上架建议：文学·散文

DUZI ZOU GUO DE RIZI DOU YOU YUWEN
独自走过的日子都有余温

作　　者：阎连科
出 版 人：曾赛丰
责任编辑：薛　健　刘诗哲
监　　制：于向勇　秦　青
策划编辑：王　琳
特约编辑：郑　荃
营销编辑：刘晓晨　刘　迪
版式设计：梁秋晨
封面设计：MM末末美书
封面插图：张　炯
出版发行：湖南文艺出版社
　　　　　（长沙市雨花区东二环一段508号　邮编：410014）
网　　址：www.hnwy.net
印　　刷：北京中科印刷有限公司
经　　销：新华书店
开　　本：875mm×1270mm　1/32
字　　数：186千字
印　　张：8
版　　次：2018年8月第1版
印　　次：2018年8月第1次印刷
书　　号：ISBN 978-7-5404-8812-3
定　　价：52.00元

若有质量问题，请致电质量监督电话：010-59096394
团购电话：010-59320018

目 录

Contents

第 二 辑

第 三 辑

第 四 辑

第 五 辑

血脉里的眷恋，总在夙夜

真情难摧，为何难追

一路繁华，故事里有家

我想我就是那个时候有了要好好学习、天天向上的美好念想，就像美国的老布什，在七十年代游了中国的壮美三峡，决定回去要竞选总统一样，那次我从洛阳回到家里，就思谋着好好读书，离开农村，逃离土地，到城市里去安排自己的一生。

我是谁

——

我是谁？有点文化的人都这样问，并无谁可以答曰。有次，随朋友去他朋友家，他朋友家住在北京西长安街，房宽，人贵，物华。入得门去，见宾朋满室，友人便向宾朋介绍我了。

说：这是作家某某，写过某某小说。

大家斜地看我，不知小说某某是何。

友人看场面尴尬，又说：部队的，少校。

大家看看我的便服，笑笑，点了头，握了手，坐了。

一场不欢。

不久，回到老家。老家在豫西嵩县田湖镇上，穷地，县是历年的全省贫县之首。从洛阳坐两个小时长途客车颠颠荡荡，午时到嵩县的田湖小镇，汽车悠悠停了，有许多农民围着车窗兜售煮熟的鸡蛋和自己做的不够卫生标准的袋装汽水，还有自炒的葵花子、西瓜子等等。围车窗的，只见举起的手和物品；围车门的，恨不得不收分文把那物品塞到客人的衣兜。我在下车的人流中间，待下得车来，村人把物品塞到我身上的时候，忽然认出我来，都说，哎呀，原来是你呀连科，吃吧鸡蛋，自己家煮的。有一个小小的姑娘，把一袋汽水塞到我的手里，转身跑远去了，没有一句言语。望着她的背影，我想起来我曾和她哥同桌。还有别的，卖甜秆的、卖杂格（牛肉汤）的、卖苹果梨的，都是同镇的村人，都拉着我去吃一点什么，哪怕是卖枣的一个红枣。

有收工的邻居，过来说了一声回来了啊，跟上吃晌午饭了，就把我的行李挑在他的锄上。我的叔伯哥们，在街上正帮人盖楼，站在高高的架木之上，见我回来，大声地唤着，对我说家里没人，母亲到田里去了，大门锁了，让我先到他家，由嫂子烧一碗水喝。

我应承一阵走去，看见了一群跑来的侄男甥女，拉着我的手要糖吃哩，还说他们的奶奶、外婆——我的母亲在河滩锄地，知我今天回来，怕到家早了，便借车子骑到田里锄地。于是，我终知我是谁了。

那个走进洛阳的少年

——

　　少年时，洛阳于我，不是一座城市，它是我内心的首都；中年后，北京于我，则不是首都，而是一座庞大无边的城市。

　　第一次走入洛阳，是在我十二三岁的少年时期。那时候，终日玩耍在被改作学校的村头庙院，教室的墙壁和房梁上都是描绘的鬼神故事；上学、放学的路上，赤着脚，弹着彩色的玻璃球儿，也在嘴里念念有词地背着毛主席语录和毛主席的惊天诗句，被"世界是你们的，也是我们的，但是归根结底是你们的"那样的名言所鼓舞，以为会有迟早的一日，自己将拥有天下，拥有属于自己的一隅世界。所以，也就从来不把乡村的苦累、寂劳放在心上，只是希望能尽快长大，到城里走走，到洛阳看看。想，既然县城和城市在未来都属于像早上八九点钟的太阳的我们，我就该早点认识它们，认识那些早晚将属于我的高楼、马路、大街、商场、路灯，还有城市砖墙缝里的野草。

　　县城，在我家之南，有三十里路，因为哥哥在城里工作，也就寻着机会去了。见那马路宽阔，可以并排过去两辆汽车，便臆想洛阳的马路，一定可以并排过四辆汽车；见城里的百货大楼共是两层，想洛阳的百货大楼，一定是有四层，且不叫百货大楼，而是名为千货大楼；见城里的姑娘多半白净，大都穿了塑料透孔的凉鞋，且还有人穿了裙子，想洛阳的姑娘，一定是个个白净漂亮，个个都穿了透孔的凉鞋，个个都穿了大红大绿的彩色花裙。总之，县城比着乡下小街，有着决然的不同。如果村街是一种热闹，县城就一定是一种繁华；村街是广袤乡村的一粒夜星，县城就一定是乡村静夜的一轮明月；村街是乡村的一轮明月，县城就一定是乡村的一轮太阳。

那么，城市——我听说最多的洛阳，那块曾经有无数皇帝散步的地方，比起一个县城，它又该如何呢？不消说，和乡村小街是县城的子孙一样，县城也是城市的子孙。如果说县城里热闹异常，洛阳那儿一定是繁华无比；如果说县城是照亮乡村的一盏明灯，洛阳一定是县城永不可企及的一颗明珠；如果说县城是照亮乡村的一轮太阳，洛阳就一定是照亮整个世界，而且永不坠落、永远发光的早上八九点的永恒日出。与县城的繁闹永远是乡村繁闹的数倍一样，洛阳的繁华也永远是县城繁华的双倍百倍。这是一个少年的臆想，也是一个世界的事实。为了明晓自己的判断，便日夜盼着到洛阳去走走看看，以证明自己对世界臆想的正确。

也就终于去了。怀着一颗忐忑的心，在十二岁的时候，因为舅舅是名瓦工，在洛阳帮人做建筑，也就终于有机会去了一次洛阳，终于在我的人生中，第一次搭乘人家拉货的卡车，迎风站立着行驰了一百二十多里，到了历史上曾有许多皇帝散步的地方。果然，果然地发现，一切都与我的臆想一样，百货大楼是县里双倍的层数，马路的宽阔是县里马路宽阔的双倍。县城街面上的路灯、灯泡多被少年们的弹弓所击中，而洛阳马路边一街两岸的铁杆路灯，即便灯泡已经烧熄，也都还完整无损地挂在那儿。还有，县城里确有楼房，也就三幢两栋，立在那儿傲然得不可一世；而洛阳那儿，楼房则多得一片一片、一群一群，因其众多，则都显得谦逊而又自然，和乡村草房因其众多，都显得质朴自然，并无自卑一样。那一群一片的楼房，虽然看我一个乡村少年有些羞涩陌生，但也并不因为我的羞涩陌生，而显示对我的过多高傲。我在洛阳的大街上走来走去，独自从百货大楼转到动物园，又从动物园走回到百货大楼前的一片浩瀚的水泥广场，看景，看物，看人。我看见城市的楼房那砖墙的裂缝里，都长有乡村田野上的野草；看见动物园里圈养的黄狼，比我家山坡上时常站着朝村里窥望的野狼还要肥胖；看见城里的姑娘，的的确确是每个人都洋洋气气、漂漂亮亮，穿着各色的塑料凉鞋和各样的长裙短裙。还有，她们每个人从我面前过去，都留下一路一串陈苹果新梨般浓郁的雪花膏香味。

我想我就是那个时候有了要好好学习、天天向上的美好念想，就像美国的老布什，在七十年代游了中国的壮美三峡，决定回去要竞选总统一样，那次我从洛阳回到家里，就思谋着好好读书，离开农村，逃离土地，到城市里去安排自己的一生。后来，老布什果然通过竞选，当了他的美国总统，我也果然通过保家卫国的途径，当兵到了部队，一座有楼房、路灯、火车和漂亮姑娘的豫东小城。

现在，老布什已经七十多岁，早就离开了白宫，回到他的田园农场，观望世界，颐养天年。而我，二十周岁当兵，从洛阳搭乘火车，到商丘、到开封、到郑州、到济南、到北京，一路上奔写作、过日子、图声名，终于就到了在城市害怕警察笑着向你敬礼的时候；到了听见警车的笛声，就害怕得要往路边躲去的年龄；到了在北京看不到首都，只看到城市的中年人生。我想，我大约也该回家去了，回到农村，回到那片偏僻的山坡之下，养只鸡，种片菜，和老布什一样过悠然自乐的日子。

感谢祈祷

———

　　人大多是在父母、爷奶及所有他们的亲戚、朋友的祈祷中来到这个世上，享受着祈祷，一日日长大。到了懂事之时，成年之间，尤其中年之后，开始为自己的孩子和年迈的父母不断祈祷时，才会深切地感到，祈祷是一种生命的温暖。享受别人的祈祷，是人生莫大的幸福；而为别人祈祷，则是生活中最大的无奈与忧心。

　　想起父母为我成长的许多祈祷，觉得那都是父母本应该的。天下没有不为自己的儿女忧心祈祷的父母，也少有不为父母祈祷的儿女。问：你为什么要为你的儿女祈祷？答：因为他们是我的儿女。问：你为什么要为父母祈祷？答：因为他们是我的父母。情理就这么简单、真切，没有什么可以疑惑、辩驳之处。所以，父母为儿女的祈祷，总是被儿女忘记；儿女为父母的祈祷，也总被父母视作必然、日常。而总是令人铭记在心的，则是父母以外的人为你付出的那种祈祷，那种真情仪式中的跪拜和祝福。

　　而我未曾有一天忘记的，是我的三个姑姑在我入伍之后给我的祈

009

祷。前不久过去的那个世纪，一九七九年二月，是中越边境自卫反击战的开始，也是我军旅生涯的伊初。刚刚入伍的新兵，对射击中"三点一线"的道理还不甚明了，便摊上了一场扑面而来的战争，自己除了偶尔莫名的惊慌，也倒还能吃能睡，然而给家里带来的"灾难性"的不安，却使父亲、母亲、哥哥、姐姐们每天都如生活在大地震将要到来的前夕。为了祈祷，为了祝福，那段时间，我家整整一个月都住满了亲戚。父母不信迷信，也任由亲戚们四处烧香、求佛，仿佛不如此，我便没有保佑似的，直到那年春暖花开之时，政府通过广播向百姓宣布了从越南撤军。

可是，撤军了，战争并没有结束，中越边境的枪声，还依如淅沥的雨滴。而撤军对我家最大的益处，是三十多口亲戚不再吃住在那座瓦房小院，集体偷偷地烧香磕头，这就减轻了父母的许多精神负担，使他们除了为儿子忧心，不必再为家里日日夜夜满地是人而操劳烦乱。也就是这个时候，以为对我的祈祷暂时停下的当儿，在我所在的部队还有几个团在前线的时候，我有机会出差途经家道回了一趟老家。那是落日时分，我家的那个小镇上，各条街道都漫着初春余晖的温暖，都有扑鼻的清新与香味。那个时候，母亲正在暮日中搅着面糊，准备夜饭，我一脚踏进门槛，大声叫了声妈——母亲猛地回身，突然怔住，半晌无语，碗里的面糊却从她手里流到了地上。

第二天，父母让我抓紧到三个姑姑家里各走一趟，以免她们牵挂。我首先去了大姑家里，因为距大姑家里近，路也顺利，是一条沥青公路。我到大姑家时，人们吃过早饭都还未及下地，在大姑家的那个村庄，还有人端着饭碗在村街上晃动。而令我意想不到的是，我到大姑家后，她还没有吃饭，没有烧饭。我一脚踏进门里，看见大姑满头白发，正跪在上房正堂的桌下一动不动，嘴里念念有词，面前摆了供品，供品前敬着菩萨。香炉里的三炷草香，让满屋蓄溢着缭绕的青烟。因为姑姑坚信世间有神，人的一切都是神的安排，所以，我同姑夫一道，在姑姑身后默默站着，没有敢去惊动她的那份虔诚，直至三炷香尽，她最后向菩萨磕了三个响头，姑父才对她说，你起来吧，连科早就到了家里。使我惊异的是，姑姑对我的突然出现丝毫没有惊异，我叫了一声"大姑"，她回头应着，眼角里含着感恩的泪珠，脸上却是应验的笑容，说她自己知道我要从部队回来，知道我已经回到了家里。说昨夜梦里菩萨曾告诉她说我已到了家中，所以她五更起床上香，烧完三炷，磕了三个头，再续上三炷香，继续磕头，待香又烧完，接着磕头，接着续香。姑夫对我说，大姑在那个月里每天都是五更起床，那样续香八次、九次，头也磕上二三十个，每天都说我要回来，竟也果然回了，果然有了应验。大姑并不向我太多唠叨神什么的，只是望着我，不停地擦着眼泪，简简单单说了几句，说应验了，剩下的就是以后每年要向菩萨还愿；说除了每天按时给菩萨进香，日后的每个年节，都要向诸神供祭一个猪头，以保我在部队岁岁平安，就是还要打仗，也依旧安然。

这就是大姑的心愿，从一九七九年算到今天，已经有二十几年，因为我那次突然回家给她祈祷带来的应验，她二十几年坚持不断地每天向菩萨进香，每年春节用猪头给诸神奉供还愿。今年大姑已八十多岁，这样的事情，未曾断过一日、一次。

二姑去世很早，在我的记忆中，未曾有过她的身影。三姑住在我家前河的对岸，十余里路，除了每次去得蹚水过河，还要爬上一段山路。那次回家，到三姑家里是到了大姑家当日的后响，三姑不像大姑那样信神，可她那幽暗的屋里，也摆有神像和香炉。没有看到三姑像大姑那样烧香磕头，祈祷祝福，但见到三姑家墙下的那张条桌中央，放有一尊老寿星的石膏像，而与老寿星并排立着的，则是我这个晚辈入伍后寄回家的穿军装的照片。十几年后，三姑得了癌病，奄奄一息，我又回家过河探望。她已经基本走完了她那平淡的一生，可到了她生命的最后，我的照片仍然同老寿星一道，立在那张条桌的中央，而她却在见我不久，便离开了这个世界。

小姑家离我家有三十余里，不通公共汽车，也不能骑车到达她家。入伍之前，读小学、初中时候，我每年暑假都爬山步行到小姑家里割草放牛，小姑每天都给我擀绿豆面条，蒸半白半黄的杂馍。之所以去小姑家最多，就是因为到小姑家里吃得最好。可是，那次回家，到小姑家去的脚步我还未得抬起，小姑却先自回到了她的娘家，看见我后未曾说话，却已泪流满面。在几个姑中，小姑是最不信神的，可到我家的第一件事情，却是首先到照片的牌位面前，虔诚地烧香，虔诚地下跪磕拜，感谢列祖列宗，让她的侄儿连科能安安全全地回了家里……

事情都已过去了二十多年，到了我中年之后，也开始为自己的儿子和白发的母亲不断地祈祷的时候，也就终于明白，由别人为你祈祷，是你生命中的温暖，而你为别人祈祷，则完全是忧心无奈的求援，是人生中最为孤立无援的祈求。

我的父亲已经谢世了十六七年，三姑也已走了许多春秋，大姑、小姑，都因姑父们先行离去而凄然地孤独生存。他们那一代人，渐次地离去，在一次次地告诉着我，如我的这一代中年，也都正在接近尾声，这愈发使我体会到了祈祷给人心灵的温暖。我祈祷母亲能健康长寿；祈祷姑姑、叔伯们有好的身体和稍微如意的农家日月；祈祷哥姐们在日子中少些烦恼，少些争吵；祈祷我的孩子和所有的侄男侄女，学习中有好些的成绩，长大后能够顺顺当当地成家立业……

　　明明知道祈祷是一种无奈，但还是祈祷：我的祈祷能给他们带来温暖和安抚，像三个姑姑的祈祷给我带来安慰一样。如果一个人连祈祷也不再有了，那就真的是一无所有。幸亏，我有别人给我的祈祷，也有我给别人的祈祷。这就是一种富有和宽余，是一种活着的意义。

　　感谢命运，也感谢祈祷。

过年的母亲

——

倏忽之间，兵已做了十四个春秋，每遇了过年，就念着回家。急慌慌写一封家信，告母亲说，我要回家过年，仿佛超常的喜事。母亲这时候便拿着那信，去找人念了，回来路上，逢人就说，连科要回来过年了，仿佛超常的喜事。接着，过年的计划全都变了，肉要多割些，馍要多蒸些，扁食的馅儿要多剁些。

做这些事情时，母亲的陈病就犯了，眼又涩又疼，各骨关节被刀碎了一样。可她脸上总是笑意充盈着，挖空儿到镇上的车站，一辆一辆望那从洛阳开来的长途客车。车很多，一辆又一辆地开来；人也很多，一涌一涌地挤下。她终于没有找到她的儿子，低着头回家，夕阳如烧红的铁板样烤压着她的后背。熟人问说哪儿去了，她说年过到头上了，却忘了买一包味精。那人又说味精不是肉，少了也就少了。母亲说，我孩娃回来过年，怎能没了味精呢？

回到家，母亲草草准备了一顿夜饭，让人吃着，身上又酸又疼，舀了饭，又将碗推下，上床早早睡了。然却一夜没有合眼，在床上翻着等那天亮。天又迟迟不亮，就索性起来，到灶房把菜刀小心地剁出一串烦乱的响音。剁着剁着，案板上就铺了光色，母亲就又往镇上车站去了，以为我是昨晚住了洛阳，今早儿会坐头班车回家……

这样接了三朝五日，真正开始忙年了。母亲要洗菜、煮肉、发面、扫房屋，请人写对联，到山坡采折柏枝，着实挖不出空来，就委派她身边邻舍的孩娃，一群着到车站等候。

待孩娃们再也感觉不到新鲜，母亲也就委派不动他们了。那车站上就冷清许多，忽然间仿佛荒野了。可就这时候，我携着孩子，领着妻子，从那一趟客车上下了来，踩着那换成了水泥的街路，激动着穿过街去，回到了家里。推开门时，母亲正围着围裙在灶房忙着，或在院落剥玉蜀穗儿喂鸡，再或趴在缝纫机上替人赶做过年的新衣。而无论忙着什么事情，那块自染的土蓝围裙总是要在腰上系着。这时候，母亲看见我、妻和孩子，便略微一怔，过来抱了她的孙子，脸上映出难得有一次的红润，说你们外面忙，火车上人又多，回不来就不要回了，谁让你们赶着回来过年呢？明年再也不要回了！

妻不是农村的人，她一生受到的是和农村文化截然不同的教育，甚至和同样的城里人相比，那教育也很独僻，所以与乡村的文化和习俗，她是坚决地格格不入。每次回家，打算着初六返回，初二她便焚心地急。今年过年，我独自同孩子回了，且提早写信，明确日期：腊月三十回家，午时到洛阳，下午晌半到镇上。一切都准时得少见。长途客车颠到镇上时，我问孩子：

"见了奶奶，你怎么办？"

"让奶奶抱着。"

"说啥？"

"说奶奶好，我想你。"

"还说啥？"

"说妈妈上班回不来，妈妈让我问奶奶好。"

"还怎样？"

"过年不要奶奶的压岁钱。"

这就到了镇上。镇上依如往年，路两边摆有烟酒摊、水果摊、花炮摊。商店的门依然地开着，仿佛十四年未曾关过。时候已贴近了大年，采买的人都已买过，卖主们也只等那忘买了什么的粗心人突然光顾。街上是一种年前的冷清，想必大人们忙着，孩娃也在家忙着。我拉着孩子下了汽车，四顾着找寻，除了夕阳的光照，便是摊贩收货回家的从容，还有麻雀在路口树上孤独的啁啾。

没有找到我的母亲。

孩子说："你不是说奶奶在车站接我吗？"

我说："奶奶接厌了，不来啦。"

我牵着孩子的小手，背着行李从街上穿过。行李沉极，全是过年的客品：酒、烟、水果糖、糕点、麦乳精、罐头和孩子穿小了或款式过时了却照样新着能穿的小衣。我期望能碰到一位熟人，替我背上一程，可一直到家，未曾见了哪个村人。推开家门的时候，母亲正围着那块围裙，在房檐下搅着面糊。孩子如期地高唤了一声奶奶，母亲的手僵了一下，抬起头来，欲笑时却又正色，问就你和孩子回来了？我说孩子他妈厂里不放假。母亲脸上就要润出的喜红不见了，她慢慢走下台阶，我以为她要抱孩子，可她却只过来摸摸孩子的头，说长高了，奶奶老了，抱不动了。

到这时，我果真发现母亲老了，白发参半了。孩子也真的长高了，已经到了他奶奶的齐腰。我很受惊吓，仿佛母亲的衰老和孩子的长成都是母亲语后突然间的事。跟着母亲默默地走进上房，七步八步的路，也使我突然明白，我已经走完了三十三年的人生。

我问母亲："你怎的也不去车站接我们？"

母亲说："知道你们哪天哪一阵到家，我就可以在家给你们按时烧饭了，不用接了。"

说话时，母亲用身子挨着她的孙子，把面糊在他的头上搅得很快。她问："在家住几天？"

我说："过完正月十五。"

她说："半个月？"

我说："十六天。"

"当兵十多年，你还从没在家住够过这么长时间哩。"母亲这样说着，就往灶房去了，小小一阵后，端来了两碗鸡蛋面汤，让我和孩子吃着，自己去擀叶儿包了扁食。接下来，就是帮母亲贴对联，插柏枝，放鞭炮……

鞭炮的鸣炸宣告说大年正式开始了。

夜里，我抱着睡熟的孩子陪母亲熬年，母亲说了许多村中的事情，说谁谁家的女儿出嫁了，家里给陪嫁了一台电视机；说谁谁家的孩娃考上大学了，家里供养不起，就不上了。最后就说我的那个姑死时病得多么重，村里哪个人刚四十就得了癌症。话到这儿时，母亲看了一眼桌上摆的父亲的遗像。我便说："娘，你独自在家寂寞，不妨信信佛教、基督教，信迷信也行，同别人一道，上山找找神，庙里烧烧香，不说花钱，来回跑跑身体会好些。"母亲说："我都试过，那些全是假的，信不进去。"

再就不说了，夜也深了进去，森森地黑着，便都静静地睡下。来日，我绝早起床，放了初一鞭，先将下好的饺子端给神位，又将另一碗端到娘的床前。娘吃后又睡，直睡到太阳走上窗面，才起来说天真好啊，过了个好年。初一这天，母亲依旧很忙，出出进进，不断把我带回的东西送给邻舍，回来时又不断用衣襟包一兜邻舍的东西，如花生、核桃、柿饼。趁母亲不在时，我看了母亲的过年准备，比任何一年都显丰盛，馍满了两箱，油货堆了五盆，走亲戚的礼肉，一条条挂在半空，共七条。我有四个姑、三个舅，我算了，马不歇蹄走完这些亲戚，需我五天至六天。可在我夜间领着孩子去村里看了几个老人后，回来时，母亲已把我的提包掏空又装满了。

她说："你明天领着孩子走吧。"

我说："走？我请了半月假啊。"

母亲说："你走吧，过完初一就过完了年，你媳妇在外，你领着孩娃回来，这是不通道理的。你孩娃和孩娃妈，你们才是真正的一家人，过年咋样也不能分开的！"

我说："过完十五再走。"

母亲说："你要不是孝子，你就过完十五走。"

一夜无话。来日，母亲果真起床烧了早饭，叫醒我和孩子吃了，就提着行李将我们送往镇上了。这个年，是我三十三次过年，在家过得最短的一次，前计后算，也才满了一天，且走时，母亲交代，说明年别再回了，外面过年比家里热闹。

大　姐

——

　　大姐是老师。

　　大姐已经人到中年。陪伴大姐走着人生进入中年的有两样东西：病和教书。病是大姐人生之路上最常见也最难逾越的深渊，教书是大姐人生之路上最不可缺欠的拐杖。教书在大姐，占了她生命很大一块黄土薄地，已有二十三年的历史；而病从十三四岁就已开始，似乎她流过的生命之河里，总有一股被疾病污浊的浑流。

　　我童年最强烈的印记之一，就是大姐在病床上不绝于耳的疼痛的哭声，腰疼、腿疼，以至全身的疼痛。大姐躺在光线昏暗的屋里，一家人愁在一墙之隔的正间，大姐每一声穿透墙壁的尖叫，都深刻地刺在父母的脸上，使父母亲那本来瘦削缺血的脸，更显出几分云色的苍白。什么病，跑遍了乡间的医院，求遍了乡间的良医，也无从知晓。那时候，抬着病人去一百里外的洛阳治病，是乡村很大一件事情，而在我家，却已是三番五次。不记得我十几岁以前，上房的窗台上，有什么时候断过中药的药渣。每次放学走进院落，我第一眼要看的，就是窗台上有没有新倒的药渣。好在那泥土的窗台从没使我失望过，因为有新的药渣，就肯定有几颗做药引熬过的红枣。

父母的家教很严，但不知为什么没教育出我叫哥唤姐的习惯。有次我又去窗台上捡吃熬过的红枣，大姐便抓了几个枣子给我，母亲见了，说让他唤声大姐给他，大姐便把那枣子擎在空中不动。我僵持半天，终于没叫出那声大姐。大姐眼角便有了泪水，把红枣塞在我手里说："我也不配做姐，人家的大姐最少能给弟做一双鞋穿，我却有病，拖瘦了家里的日子。"从那一刻起，我下决心再不唤大姐的名字，一定叫她大姐。可时光流逝了十余年，我却终于没唤出她一声大姐。

大姐的病见好转，是在我十余岁以后。如今只记得在大姐的苦疼声中，父亲和他的朋友闷了半晌，来日便抬上大姐，先乘汽车，后搭火车，朝着遥远的省会郑州奔去了。其间，不断从郑州捎回要钱的口信，我便帮着家人先卖粮食，后卖树木，最后卖了奶奶的棺材板。几个月后的一天中午，阳光爽爽朗朗洒了一地。我从学校回家，突然看见大姐端端地坐在阳光里，人虽瘦得如一把柴草，脸上却漾荡着甜润润的喜色。她拿一把小糖给我，母亲在一边说："快叫大姐，你大姐的病好了。"

我仍是没能叫出那声大姐。然接那糖时，母亲过来厉声说："日后你大姐要教书了，是老师了，你再唤她的名儿，我就不让你吃饭。"听说大姐要做老师，尽管是民办，尽管是教小学一二年级，仍使我浑身生满惊愕和敬意，并怀上了对大姐深深的内疚。我没有料到，我还没有学会唤姐，她却又成了老师。我知道我没有力量支配我的笨嘴叫姐，更没有能力叫她一声老师。于是，我就常常躲着大姐，期望和她有更少的说话机会。

学校是在镇外的一个苹果园里，离我家二里左右。从此，我就朝朝暮暮地看着。刚丢下饭碗，学生都还在路上，她已经早早地到校，立在教室的门口，翻看她要讲的课文或讲义；放学时候，学生都已到家端了饭碗，大姐才拿着课本或夹着学生的作业，摇着她虚弱的身子，蹒跚在镇外的小路上。大姐走路时，时常拿手扶着那做了四个小时手术的腰，就像扶一截将要倒下的枯树。我总担心，她的手离开时，她会倒下，可她却是硬硬地挺着，给家里支撑出了几年平静的日子。在那段日子里，她除了往腰上贴膏药外，很少说到疼字。父母千方百计地让她教书，也只是为了她有一份轻些的活计，料不到到了年底，她竟回来说，期终考试，她班里的学生在全校平均分数最高。母亲说，你别累犯了腰病；她说也不能误了人家孩子的前程。母亲说，你有病，讲课累了可以坐着讲；她说当老师的坐着，那在学生们面前像什么样子。母亲说，总有一天你会累病的；她说不会的，我的病好了，除了刮风下雨，没啥感觉。

然而，不幸的是被母亲言中了。几年后，她在一次辅导学生升级考试时，昏倒在了讲台上。抬至医院，才发现她的腰上、肩上、肘上、手腕、膝盖，几乎身上所有的骨关节，都贴有黑白膏药，花花一片，如雨前浓浓淡淡的云。望着那白云黑云似的膏药，我立在病床前，心里翻动着滚烫的热意，如同缓缓流动着一河夏天的水。这时候，大姐醒了，动了动嘴唇，吃力地睁开了眼，望着床边的水瓶。

我说："大姐，你喝水吧？"

大姐忽然扭过头来，眼角噙了泪水，拉住我的手问："你叫我姐了吗？"我盯着大姐瘦脸上泛出的浅红，朝她点了点头，大姐的嘴角便有了很淡很苍黄的笑……

从那时算起，已经过去了二十年的光阴，我已经和那时的我大不相同，离家当兵，入党提干，成家立业，学写小说也到了无论自己多么羞愧，别人也依然要称你"作家"的田地，连叫大姐都已习惯到不叫反而很难启口。然大姐除了年龄的变化，脸上布满了人生的艰辛外，再没什么异样了，依旧是终日拿着一二年级的课本，或夹着学生的作业，在通往小学的路上摇着她虚弱的身子。到了期末，回来对母亲很平淡地说句，她班上的学生，考试时平均分数最高或升级率最高什么的。再有变化的，就是大姐依旧扶着贴了膏药的腰身，走过的那条路的路边，杂草随着她蹒跚的脚步，二十余载地枯枯荣荣了。

早逝的两个同学

——

衰老是从怀旧开始的。最致命的怀旧是对早逝之人的追忆和想念，这其实是一种对死亡的追赶，是对生命的遗弃和岁月的抛离。可是，许多年来，我总是不断想起我的早逝在同一年代里的两个同学。

永无暖爱的李松枝

今天，女性的美是一种价值和价格，然在二十几年前，美则是一种祸源和寂寞。李松枝是我的同学中最早离开这个世界的先去者之一，她的漂亮在那时我们以庙为校的同学中被大家默认共许。在与整个中国一样，充满着革命热烈气息的乡村特殊年代里，我们不懂得什么是爱，不懂得爱其实是人类所必需的大美。因此，我们对她的漂亮恶意攻击，把她的苗条说成"蛇腰"，把她的秀发说成"马鬃"，把她光洁动人的鹅蛋形脸说成"胶皮"，把她整日洁净合身的衣服说成"穷烧"，把她在少女时代已经挺拔起来的胸脯说成"鸡胸"，把她从小学说到中学，把她从暑假说到寒假,直到在那个零下十几度的酷寒天里,她把她的美和生命断然沉入冰封的河里,我们的一切毫无善意的说道才哑然,才愕然,才断止,也才明白她的漂亮是那样姣美,是那样打动我们,是那样让我们不敢对她有半点好感。

她家住在镇上的正街中心,一个不到二分土地的小院,几间枯瘦的草房,父母、哥哥,似乎她还有一个妹妹,这么四五口人。艰辛的生活在镇上妇孺皆知,因为她家那个随时要塌却永远立在那儿的低矮门楼和破破裂裂的柳木单扇大门,每天、每时都在告诉着每个从门前走过的行人:日子在这个院落里是一种煎熬。

然而,这样穷苦的人家,这样破败的院落,这样低狭的房里,怎么能生长出那么动人的少女呢?你动人、你漂亮,你怎么能穿得干干净净、合身合体呢?你穿得合身合体,你怎么又能学习不比别人差呢?你学习不比别人差,你怎么还能在同学们面前装出一副谦虚谨慎的姿态呢?你怎么能不亢不卑地说话,我行我素地走路,堂堂正正地做人呢?难道你不知道你家是全镇上最穷困的人家吗?穷困到母亲十几年前的衣服翻新以后给你穿,你穿几年之后又改针补线传给妹妹穿,最后还舍不得把衣服扔掉、毁掉?难道你不知道你们家在那个古老的镇上没有一点社会地位,连左右邻舍比你们家人长得高点胖点,有个亲戚也许是生产队长、记工员、电工之类的人就可以随意臆造你们家的流言,败坏你们家的门风,而你的父母都不敢站到门外更正和争吵一句半句吗?你这样怎么能不让都已十六、十七,甚或十七、十八岁的同学们说三道四、指桑骂槐呢?怎么能阻止住男同学从背后把石块扔到你的身上呢?怎么能遏住悲剧和陷阱不在你人生的途中焦急地等你呢?怎么能不成为大家共同的敌人呢?

终于，在初中刚刚毕业的那个冬日里，在少男少女相见时，大家从学校的回忆中还拔不出惯性的腿脚时，传来了她投河自杀的消息，说她从河里被人打捞出来时，穿了一套过年才穿的新衣服；说她人虽被河水冻得发紫，但她死前精心梳理过的头发却被河水梳得更加齐整光洁，连一根一丝都没有凌乱。她投河最直接的原因是父母要把她提早远嫁他乡，换回一个姑娘做哥哥的媳妇。这样的"换婚""转亲"在我的家乡至今都还存在，可发生在我的同学中，她却是首例。

据说，她被当成"物品"对换时，曾经非常想找个同学倾诉一番自己的内心，却没有找到一个能让她诉说一场的人；据说，她在投河之前，曾经在大街上的静夜中走来走去，许多熟人碰见了她，其中也有同学和她相向而行，迎面相遇，彼此却仅仅看了一眼，没有说一句话，就又各奔了南北。无论如何，她是在少女时代往青年迈去的路上，把自己沉入了河底。同学们说起她的死时，都是那句"真的吗"之后，想想她的容貌和家境，便都觉得那是她的必然去处，没什么值得大惊小怪、不可思议。她不往那里走去，她能往哪里？合理的，必然的，于是，就再也不用提及她了，完全可以把她忘记了……

可是，这些年来，我总是不期而至地想起她来，想起她清纯的美貌；想起她走路的姿势；想起她笑时微翘的嘴角和说话时的手势，还有她家的房屋、院落、门板及门前街上的凌乱；想起我们初中毕业时，有一次在大街上相遇，她在马路那边，我在马路这边，我们的目光一下撞在一起，彼此都呆在路边片刻，谁也没有说话，就又分手去了。

是我先离开她的。我是在她看着我的纯净的目光中先自走去的，走去后，我连扭身再看她一眼都没有。那时候她正淹没在"换亲"的陷阱中，后来不久，她便从陷阱中拔出双腿走进了酷寒的河水里。

倒行人生的杨老代

人生是一个积量成质的过程，正如一个人从东向西行，一步一步地走着，经历着无数风雨，最后风雨够了，你便老了、死了，到了人生的终点。这几乎是所有人必须遵守的一个人生规律，但事情也有例外，有不少的例外，那就是在他的人生中几乎让我们看不到积量成质的过程。或者说，他的人生不是如众人一样从东往西行，而是从西走往东；不是如积劳成疾、积疾而亡的一个由量至质的变化过程，而是一开始就是死亡，就是结束。换一种近情合理的说法是，他呈现给我们的先是死亡，其次才是人生。因为死亡引起的惊惧，我们才渐次地看到了他的人生一些所谓量的东西。可那些"量"，又分明就是一种"质"。

比起早去的少女李松枝的陌生和动人，我的另一个同学杨老代与我的熟悉已经到了让我麻木的地步。读高中时我们每天同行，课堂上我们一同作乱，放学的路上我们一同扒车，周末或假期我们会随便到哪个同学家里同吃同住。正因为这样熟悉，却描摹不出他日常笑时是什么模样，走路有什么特异，直到我当兵不久，家里写信说他晚上好好睡着，来日天亮之后，家人发现他已经死在了屋里，我才想起他其实有着和大家完全不一样的人生习惯与过程——在通往学校的路上，他总是喜爱倒着行走，我们面向东时，他就面向着西，我们面向南时，他就面向着北，这样和我们面对着面，一步一步地倒行，或快或慢。他就总是在我们面前，以求彼此相互望着便利，说话时能看见对方的表情和动作。有时为了考考他倒行的本领，我们便小跑起来，而他却能神奇地和我们一同倒跑，既不被我们落下，又不被路上的石头、坑凹所绊倒。

因为从镇上到学校有十里的路程，后来大家相约着要挟父母，给每人买了一辆破旧的自行车。骑自行车上学，当然不能再面对面地到达同一方向，于是我们就经常在马路上你追我赶，绕龙打闹，摔倒坏车是经常有的。然而，有一天，老代却突然可以倒骑着车子与我们一道同行了。他面向车座的方向，屁股搁在前梁上，用后脑勺望（猜）着前面的道路，双目的余光瞟着路边，竟能快慢自如，和我们并肩骑车，甚至从背后或迎面来了汽车，他都面不改色，只凭着感觉把车子骑到路边，让汽车从路中央风驰而过。他的这种本领，引来了我们疯狂的模仿，可无论我们大家如何练习，都达不到他倒骑如正的境界。我们摔倒，我们流血，我们修车，这些倒骑车子带来的麻烦在他几乎是没有过的。

也许，他天生就有一种倒行的本领，倘若有一天他开汽车、飞机熟练之后，也会倒开也都不是没有可能。可是，他却在高中毕业不久，便猝然地告别了我们，走尽了人生，用终结呈现出了许多含有结束意味的开始。

还有一些什么呢？真的是因为熟悉，反而都记不起来了？对了，他从少年开始，就承担起大人承担着的"养家糊口"的命运负担，每天放学之后，把爆好的米粒用熬就的红薯糖浆搅拌均匀，再用两个对等的碗形木模，把米粒制成一个个雪球似的圆团，在阴凉处自然风干后，装入用床单、被面缝好的大袋子里，在每个星期六的夜深人静时，沿着一条峡谷，走六十里的山路，挑到邻县的一个集镇上。乒乓球样米团儿一分钱两个，小碗似的米团儿，二分钱一个，这样一天下来，两袋米团儿也就出手大半，至尾把剩下的两毛钱一篮，卖给当地婚嫁丧葬送礼的人，也就在周日的晚上，怀揣着几元进项，连夜又赶回了家里，不误来日白天的上学读书，也不误一家人的日常人生。

再有，他把别人写到最后一页的作业本翻过来重新装订，将人家的最后一页当作自己的第一页重新开始使用。又有，我们一块儿吃饭时，他用碗底儿当碗，在碗底儿放上咸菜吃饭。再有，大家都是右手拿筷子，右手拿笔，右手拿羊鞭马鞭，而他却是左手拿筷子，左手拿笔，左手拿鞭、荷锄……

这一些倒骑、倒行、童年负担，以反为正，以尾为始，与他的人生到底是什么关系呢？我也知道生就是始、死就是尾的道理，但毕竟在芸芸众生的人世间，还有着许多生就是死、死就是生的倒末事例，那么，我的这个同学，以他十九岁就自然而亡的年龄，他算不算一个倒行人生的个例呢？

常念那些人

——

　　对于公、检、法的错误认识，相当于我应该出生在省长家里，而最后却成了一个贫穷家庭的孩子样无法更改。不知从什么时候开始，就那么牢固地坚信，公安的人，是无论青红皂白，就要去威武抓人的人；而法院的人，是为了秉公判刑，却又常常判出偏颇的人。检察院这儿倒好，是为了纠正这些才生长、存世的一个机构，然而并非如此。因此，觉得三方的它们这边，都不是一窝儿好人、善人、心存良知和对世人世事怀有感念的人。知道这是一个多么先入为主的幼稚偏见，却数十年里无法扭转和改变。也不是不能改变，是世事和慵懒不许自己朝改变上多做思考的行言。

　　后来，渐渐地认识了许多《检察日报》的朋友，他们无形中改变了我这一观念。

　　最早是我的同学高伟宁——那时他还叫高今，不知怎么在我睁眼、闭眼之间，就转业到了检察日报社，做了那儿电视中心的导演，有了很大一番艺术的作为。这让我常常以他为例，逢人便说一个人的成熟和才华大踏步地到来，那是一瞬间的事，不信你们以高伟宁为例——他是一个可以多年不见，却让我永远无法忘记的弟弟。紧跟着，我尊敬的作家莫言，竟也命运多舛，因为才情如喷的《丰乳肥臀》给他命运车轨上的急速扳闸，突然之间也转业到了那儿，使人感受一个作家如果你才情过大，会遭受多少平庸的脏手在你头顶上施压和蹂躏。

可好在，《检察日报》拥抱了他的命运，让人相信，在我们这个国度，一个真正写作的孤儿，终会遇到慈悲开怀的收留所。毕竟可以宽容那时的莫言，是需要有强健身体并有伟大的母亲之心的人。《检察日报》正是这样一个身体强健并心胸宽广的母体。因为这些，就和报社有了内心倾情钦敬的来往，熟悉了那时高检的宣传部部长——后来《检察日报》的社长张本才。他是那样瘦弱，可其诗、文、画，却都奇异瑰丽，饱满得无以言表，其中隐存的他对艺术和世界的独有探求，让我这个小说家常感羞愧难当。

一九九三年接他一本文画集，那些线条的迷宫之道和色彩的奢侈与吝啬，让我着迷如对博尔赫斯①小说语言的明透与困惑。因惑而迷，也就把那些画认真地剪割下来，镶于镜框，大小十幅有余，至今全都挂在家里的各处墙上。后来同那儿的副总守泉兄相识，一见如故，常去随他参加一些报社的文学活动，与他亲如兄弟，可以把该讲和不该讲的讲与他听，把自己解决不掉的烦恼推到他的办公桌上，把一些零七八碎的杂务，请他和他的部下——那些文化部门的弟弟、妹妹共同收拾，自己躲在清静里看书、写作。

---

① 阿根廷诗人、作家。——编者注

赵刚已经多年不见了，第一次见他的感觉是，他是多么能干、明白的一个人，如果他是我的亲弟弟，该有多好哦。孙俪和彭程都是湖北人，因为她们，我不再对误解中的"湖北的聪明"感到有些微的"讥厌"，而是觉得，我和我的儿子也有她们的聪颖、细心、诚慧的几分之一，大约我们的人生就会更多地美好出几分来。还有腼腆而又内秀慧中的郑键和博超，让我幻想别让我失去我的儿子，家里又多出一个、两个他们做我儿子的哥哥和姐姐，那么我们家就是世界上最为幸福的家庭了。

记得那年随守泉兄和他的部下去内蒙，一路上堆满的热情，可以让草原和沙漠因不堪负重而告饶。倘是以漫无边际的沙漠为广场，以辽阔无比的草原为库房，都难以盛装负载一路上他们对我腰病的照顾和体谅。之后的多年，参加任何的文学活动，都让我怀念那次百年一遇的内蒙之行。

再后来，因为时间在水里的流转，守泉兄到别的部门去了，副总赵信负责文化部门，虽只有一面之交，仅有在常熟一次讨论会的相熟，却也奇怪对他不能忘怀，因为知道还没有与他真正熟悉到可以随时交往便谈，竟也在三次变换手机时，在清理了无数手机中的电话号码时，舍不得把他和他的号码拿下来，总觉得他也是我兄弟朋友中的一个，是那窝儿对生活和世界富有感念之心的《检察日报》里我的好亲好友的其中之一。

在那儿——检察日报社，并不知道为何会对他们有那么深的挚情真意，而在过往自己工作过几年、十几年的老单位，似乎也难有这份总是浮在心头的感觉。写这篇短文时，他们一个个都如家人样在我的书房走来串去，在我家客厅里品茶聊天，而且是那种可以到家不脱鞋子，并随意抽烟、吐痰的亲热。

真是的，亲没有道理。也就这么亲着。

三个读书人

————

　　熟识的一位大学教授，专爱在过年大家举杯相聚时，独自躲将起来，抱那么一摞书，从初一读到初五。初六上班时，同事交流过年经验，颇多感慨，而他总是微笑不语。《追忆似水年华》在中国哗哗地流淌那年，他见我是在年初七，彼此站在路边说了一阵话。使我难以忘记的是，他说其实普鲁斯特①是世上最耐不得寂寞的人，而耐不得寂寞又不得不寂寞，他就不能不写《追忆似水年华》。他说作家唯一与人不同的就是，他能在寂寞中创造一种不寂寞的生活；说普鲁斯特在写作期间孤苦到无可忍受时，就乘着马车到街上走走，透过窗隙感受一下世界，其实他哪儿是感受世界呀，他只是为了证明他还活在世上，活在人间。

　　又一年，我们是在初六见的面，当时夕阳落在他家门口，一棵越冬的花树在寒冷里散发着浅淡的薄香，如青草的气息。从门口小心地走

————

① 法国著名小说家，代表作有长篇小说《追忆似水年华》。——编者注

进屋里，他说中国最寂寞的作家莫过于萧红，萧红人不寂寞，可心里寂寞，《呼兰河传》和《生死场》那样的小说，没有寂寞的内心，无论如何是写不出来的，而不在最欢快、热闹时候的僻静处，也读不出萧红童年的孤苦来。当时我想，原来读书是有可能在时间上做出选择的，不是时间对书和作家的选择，而是作家与书对时间的选择。同一本书，在不同的时间去读，一定有不同的心理结果。对这位教授来说，过年期间，读普鲁斯特和萧红，也许是最好的时间了。

我有一个识字的乡叔，身体残疾，这倒成了他的福分，记忆中，生产队总是把最轻的活儿放在他肩上，比如看守庄稼和牲畜之类。看守庄稼的时候，他就坐在田头树下，倚着树身，反复地看《聊斋志异》，他可以把《聊斋》中的故事背下来，流畅得如三好学生背书。而需要看守的庄稼，自然是在地理位置偏僻、最易遭人偷盗的地方。在那儿，他每看一个故事，就把书盖在脸上，仰躺在地上，谁也不知道他想些什么。一年秋天，生产队长的妻子从他守的玉蜀黍地里掰了嫩熟的蜀黍，到他面前，掀开他脸上的《聊斋志异》，说我把庄稼偷完你都不知道。他坐起来莫名其妙地说，我三十岁了还没有成家，活着真没意思。放牛放羊的时候，我这位乡叔不是读《三国演义》，就是读《水浒传》。因为牛羊总是在草地上边啃边走，从不在某一处滞留许久，于是他就跟在牛群或羊群的后边漫步。一次，牛群抵架，有头牛的角都抵断了，他仍然抱着书本。为此，生产队扣过他的工分，罚过他的粮食，可他依然如故。

终于，生产队不让他守庄稼和牧牲畜了。又因残疾不能干活，于是他就歇在家里。歇在家里，他既不看《聊斋志异》，也不看《三国演义》和《水浒传》。那一年社会上重新评估《红楼梦》，书店里有卖

"仅供参考"的"内部"《红楼梦》，他卖了粮食买了一套，回家读了一遍就上吊死了。死在夜深人静之时。死前，他把《聊斋志异》《三国演义》《水浒传》和《红楼梦》码好摆在他的床头。埋他时，人们又把那些书放在棺材里他的枕边。

事实上，在读书人当中，有一种人是用时间读书的，另一种人是用心情读书的，还有一种，是用知识读书的人。用时间读书，是会读书的人；用心情读书，是会生活的人；用知识读书，是那种富有智慧的人。而我的这位乡叔，他是用人生读书的人。用人生读书的人，是最不会读书的人，是最能把书读懂的人。

冯敏是我的一个朋友。早几年，他还是一个酷爱读书的普通冯敏，只是《小说选刊》复刊之后，他到选刊社做了编辑，忽然间就在文学圈和编辑队伍中有了亮丽的名声。做了《小说选刊》的编辑，阅读大量的文学期刊成了他分内的工作。而他阅读文学期刊，多不从头条读起，而是从二条读起，有的时候，还会从末条起始，到头条时终。这样读期刊的方法，在生活中肯定还有别人用，也肯定为数不多。据他自己的经验，说因为办刊人的某种原因，好的小说往往都在二条，都在头条的掩护之下；说有的作家是专写二条小说的人，有的作家，是专写掩护二条或埋葬二条小说的人。而有的时候，末条小说才是一篇不错的小说。今年《小说选刊》的第六期，从某家刊物上选载了一篇名为《今天是愚人节》的短篇，作者是富有才华而还未广为人知的张人捷，冯敏在小说评点中说，他是在那家刊物的短篇末条中发现的，并给予《今天是愚人节》很好的评价。小说展示的那种一代人新的情感生活方式，和文字中滴漏出来的时代气息，使人思考和怅惘。而一个编辑爱从二条读起，甚至从末条读起，却又确从末条中发现了不错的小说（没读到原刊，也许原刊中的头条、二条更为不错也未可知），这件事本身也许比小说更有意味，它既是对有些文学期刊的一个讽刺，也是对一些文学期刊的一次很好的理解。

二胡与儿子

——

二胡是不用解释的拉弦乐器，属胡琴的一种，大于京胡，其琴筒为木制或竹制，直径是八九个厘米，一端蒙以蟒皮或蛇皮。琴杆上设两轸，张弦两根，按五度关系定弦，用于独奏、伴奏和合奏，声音低沉柔和，表现力强，演奏悲壮的曲调，尤为感人。

小时候极爱听二胡，也有过学拉二胡之念，但不是其才，也就算了。哥哥有位同学，与我家同村，自幼二胡拉得出色，远近皆知其名。村里唱戏时，极多人不是为了看戏，而是挤到台子一角，去听他的二胡。如村里请来了名角演唱，那名角就先问是不是他拉二胡。如是到外边去请剧团，就先要告人家说，村里的二胡比你们剧团拉得不差，人家不信，要当场听他一段。听毕后，男演员不言，摸摸他的头，来村里唱了；女演员不摸头，看他几眼，来村里唱了。他是村里的骄傲。记得曾爬到枣树上看过一晌戏，戏完了，却不知唱了什么，原来是看他拉了一晌二胡。

有孩娃出村，人问哪村的，不答村名，只说和他一个村，人家便知是田湖村的了。后来，县剧团要排豫剧《红灯记》，把他招走了，村人感到好大损失，见面都说，知道吧，他被县剧团要走了。

对方听了，愕然，问："不回来了？"

答说："连户口都迁走了。"

二人都一阵静默。在街上碰上的，这样一问一答，便默默地擦肩而去了；在田头碰着的，一问一答，到田里做活。都感到他的走离，是村上一件很哀伤的事。且一直哀伤了三年。这三年间，村里的戏班再也没有别处红火了；去外地请名角来唱，凭空难了许多。直到三年后县剧团到村里演出，都看见他在剧团的乐队中是拉第一把二胡，连五十余岁拉了一生二胡的名手也坐在他的身后，那哀伤才彻底荡尽，代之以满村的兴奋。第二天，满村只有两句对话：

"看戏没？他拉头把弦子了。"

"看了，真想不到呵……"

可惜，剧团只在村里演了一场，就启程走了。后来，我也当兵去了，只每年回家，听到一些零碎消息，说县剧团新编了一个历史剧目，唱遍了豫西各县，在洛阳唱了一月有余，在郑州香玉剧院唱了一周，均是场场爆满；说河南剧界的权威也看了，说想不到一个山区小县能编演这么好的戏，还特意问了他的二胡。再后来，就听说地区二胡赛，他拿了大奖；省里二胡大赛，他夺得了前几名。可在所有获奖者中，他的年龄最小，且是小了十岁二十岁，震动了河南一位二胡前辈。从此，十余年过去，我就时时想着这同村人，渴念能见他一面，能再享受他一耳二胡之韵。

然今年回到家里，却见他在镇卫生院做划价员。透过那一方小窗，处方出出进进，他把千百种药价记得滚熟，满满的处方上的药名，他只消搭眼一瞄，即准确无误地写出了价格。看他的脸上，也有了许多岁月的艰辛，却丝毫找不到拉二胡时随韵而变的情律。再仔细去看，从那小窗中，就瞧见一块四季风雨所耕作的田地。回到家里，问起方知，他已离开剧团许多年了。再问，又答：

"有家有口了，还拉啥二胡。"

想二胡在他，毕竟也是一种生命，为何就能丢弃得掉？瞎子阿炳若不是有那一把二胡，不就早饮恨黄泉了吗？及至碰到原县剧团的一位熟人，再问下去，那人长叹一声，说庄稼人啊！便久久默然，告我说四川峨眉电影制片厂，要拍省豫剧团一部古装戏曲电影，点名要他去拉二胡，那时正值麦收，他要收麦没去。后省剧团赶至峨眉山，又电报催他速去，他觉得自己最远行至郑州，如何敢独自一人出门远行？仍是没去。再后，土地分了，他妻小在家，他便调离剧团，到家门口工作，以种地养家了……

春节过后，电视上正播放八集电视连续剧《瞎子阿炳》。这时，我儿子的学校号召学生学拉二胡，专门请了教师，要每个学生交八十块钱，统一买二胡、交学费，妻儿再三和我商量，我断然地拒绝了。

现在，那个学校的学生大都能拉出三调两曲，唯我的儿子不能。学校统一组织学拉二胡的时候，我便让儿子去玩一个尽情。

老师！老师！

——

　　我又见着我的老师了，如朝山进香的人见到他自幼就心存感念的一位应愿之神。在今年正月的阳光里，也值正月的冬寒，我回家奔赴我三叔的喜丧事，也去赴办我大伯三周年的庄重礼俗和纪念。在这闲空间，张老师到了我家里，坐在我家堂屋的凳子上。

　　乡间室内的空旷和凌乱，纠缠分隔着我与老师的距离与清寂。相向而坐，喝着白水，削了苹果，说了很多旧忆的伤感和喜悦，诸如三十几年前在初中读书时，我的学习，我的作业，我的逃课，还有我的某某同学学习甚好，却因家中成分偏高，是着富农，似乎爷爷有着所谓剥削别人的疑嫌，他便没有资格就读高中了。自然，一九七七年之后的那场平地起雷的高考，他也无缘于坐入考场掌试一下自己的命运了。还有另外一位苦涩的同学，不仅在学习上刻苦，还在书法上颇具灵性天赋，人在初一时，其正楷墨字，已经可与颜帖乱真。可是后来，因着形势家境，他不仅未考，而且缘于疾病，早早就离开了这个荒冷热烦的世界。

　　这个世界，对于有的人荒冷到寸草不生；对于有的人，却是繁华热闹到天热地烫，每一说话行走，都会有草木开花，果实飘香。然对于我的老师张梦庚，却是清寂中夹缠暖意，暖意里藏裹着刺骨的寒凉。生于二十世纪的二十年代末梢，老师读书辍学，辍学读书，反反复复，走在田埂与人生的夹道中，经历了来自日本的刀光枪影；经历了国共拉锯征战的循环往复，之后有了一九四九年的红旗飘扬；又经历了土改时家里忽然成了地主。这样的命运，大凡中国人都可想见其经历与结果的曲折变形，荒冷怪异。

可是好在，他终归识字，厚有文化，国家的乡村也最为明洞文化的斤两，虽然文化不一定就是尊严富贵，可让孩子们认字读书，能写自己的名姓和粗通算术计量，也原是生活的部分必然。于是，老师就成了老师。从一个乡村完小到另一个乡村完小，从一个乡村中学到另一个乡村中学，直至中国有了改革开放，他被调入县里的一所高中，做了教导主任，最后主持这个学校的方方面面。杂杂落落的闲急高低，一晃就让他全部人生的金贵岁月，四十三个春秋的草木枯荣，都在布满土尘，连学生教室的墙角地缝和桌腿、校长办公室的地边也常有青草蓬生的乡村学校里枯荣衰落，青丝白染。

不知道老师对他的人生有何样的感想与感慨，他写的一本《我这一生——张梦庚自传》的简朴小册，读下来却是让人心酸胃涩，想到世事的强大和人的弱小，想到命运和生命多么近乎流水在干涸沙地的蜿蜒涓涓，奔袭挣脱，流着可谓流着，可终归却是无法挣脱干涸与强大的吞没。最后的结局，是我们毕业了，老师白发了；我们中年了，老师枯衰了。我们成家者成家，立业者立业，而老师却在寂静的人生中，望着他曾经管教、训斥、抚疼过的那些学生，过着回顾和忆旧的生活，想着那些他依然记得，可他的学生们怕早已忘却的过往。

还记得，初一时节，他是我的班主任，又主教语文，可在语文课里的一天酷暑，我家棉花地里蚜虫遍布，多得兵荒马乱、人心恐惧，我便邀了班里十几个相好的男生同学，都去帮我母亲捕捉蚜虫。自然而然，教室里那一天是空落闲置，学生寥寥，老师无法授课而只能让大家捧书阅读。从棉花地里回校的来日上午，老师质问我为什么带着同学逃课，我竟振振有词说，我是带着同学去棉花地捉了半天蚜虫；竟又反问老师道，地里蚜虫遍布，我该不该去帮我母亲捕捉半天蚜虫？说蚜虫三天内不除掉去净，棉花就会一季枯寂无果，时间这样急迫，我家人手不够，我请同学们去帮忙半天，我又到底做错了什么？

事情的结果，似乎我带着同学们逃课正合了校规宪法，适合了人情事律，反让老师一时在讲台上有些哑言。回忆少时的无理与取闹，强词与拙倔，也许正是自己今天在写作中那种敢于生编或硬套，努力把不可能转化为可能的早日开始。可是，在这次见着老师时，面对耄耋老人，给我一生养育呵护的父辈尊者，我心里三十几年不曾有的内疚，忽然如沙地泉水般汩汩地冒了出来。

我们就那样坐着喝水聊天，说闲忆旧，直至夕阳西下，从我家院墙那边走来有风吹日落那细微淡红的声响，老师才要执意地告别离去，不无快意乐福地说他的子女们都工作在外，孝顺无比，真是天有应愿，让他一生坎坷，教书认真，到了年老，却子女有成，学生有成，仿佛曲折的枯藤根须，终于也繁漫出了一片树木林地。老师从我家走去时候，是我扶他起的凳子；离开院子时候，是我扶他过的门槛；送至门口远去的时候，是我扶他过的一片不平不整的地面。我的父亲离开人世太早，扶着老师的时候，我就像扶着我年迈的父亲。望着村头远去的父亲般的老师，落日中他如在大地上走移的一棵荣过年迈的老树，直至他在村头缓渐地消失，我还看见他在我心里走动的身影和慢慢起落的脚步，如同宁静里我在听我的心跳一样。

说不出老师哪儿伟大，可就是觉得他伟大；说不出他哪儿不凡，可就是觉得他不凡。也许这个世界的本身，是凡人才为真正的伟大，而伟大本身，其实正是一种被遮蔽的大庸大俗吧。

我本茶盲

———

对北方人来说，喝茶其实是一种奢侈，黄土寡薄，哪里生养得起那些娇贵的茶哟。儿时的乡村，谁家的罐中藏些茶叶，那家家境一定是有些殷实，一定是有人在外边的某个城市工作。茶叶，也是某一类家庭的象征。而那些藏有茶叶的家庭，也是不喝茶的。之所以藏着，是因为左邻右舍谁家孩娃饭吃多了，不能消化，有了积食，据说可以泡些茶叶水以当药用，消食化积。

可想，在北方，在北方的乡村，茶叶的尊贵。

我是在当了兵后，才喝上了人生第一杯泡了茶叶的开水，微苦、微涩，并没有感到它有多么爽口，但那是指导员特意给我泡的，为了让我好好为党工作，树立正确的入党观、人生观，为实现共产主义而努力奋斗，才撮了几枝放在一个玻璃杯中。因此，我更加体会到了茶叶于我意义的深刻、沉重，仿佛一个病人药锅中的人参。后来，提了干，宣传科的办公室里总是放有茶叶，科长和干事们上班之后，第一件事就是先给自己泡一杯茶水，肃穆地和军帽并列放在桌角。自觉公家的茶叶、公家的开水，别人都喝了，我不喝是显然的吃亏，且你是党的机关干部，不喝茶叶水也显然是故意与众不同，也就渐渐喝了。加之那时白天上班，晚上要习作小说，人家说喝浓茶可以驱赶瞌睡，一试，果然，也就或多或少，有了浅浅的茶瘾，生活中差茶水，仿佛吃了一碗干饭没有喝汤一样。

不过，茶的好坏，品质优劣，对我一概构不成什么鼓励与伤害、遗憾和失落。说起来，也算断断续续喝了二十年的茶了，红茶和绿茶之别，大多是泡在水里之后，我才能分辨出来。这样的品茶水准，其实正如一生走路的人，永远无法分清软鞋底儿与硬鞋底儿谁更适合行程一样。软的底儿，柔脚却易于磨损；硬的呢，刺脚但坚实。当然，因为改革开放，鞋已经有了柔而坚实的鞋底，可茶少见有人红绿各半地泡饮，如果真有，那也一定是如我这样的北方茶盲。说到茶盲，对我来说名副其实，和我自己总说自己半生没有写出一篇好小说一样实事求是。喝过碧螺春，忘了是什么味道；喝过龙井，也记不起它是什么滋味。总之，分辨不出它们二者的差异，也分辨不出它们与一般常茶的高下。有次，一位中将打开自己装机密文件的保险柜，取出一筒茶来，给我泡了一杯，说小阎，你尝尝这茶。让我把泡茶的第一道水适时倒了，又适时续上第二道水之后，他问："好吗？"我咂咂嘴道："好。"又从杯中衔出一枝直竖蓬勃的绿叶在嘴里细嚼了许久，像刚刚镶上金牙的人不断地用舌头去舔那金牙一样。因为这个有些逢迎的动作，中将还说我对茶叶有些内行。可从中将的办公室里出来，同行的人问我，刚才中将给我泡了什么茶，我说喝不出来。又问，好吗？我说，说不上来。

还有一次，一个记者至交，在过春节之前，给我送了一筒茶叶，说是台湾的什么名贵品种，二百五十克，需八百四十元钱。当时打开看了，发白，有层茸毛，样子的确与众不同。待他走后，我想把它卖了，半价也行，正好把钱寄回老家让母亲或姐姐们过年，所以只要有朋友到我家里，我便拿出那筒茶叶推销，他们都说那茶确是好茶，愿要，不愿出钱。末了，我就只好将那筒名贵自己喝掉，发现那筒茶叶的味道的确特别，每一口都有喝了金水银汤之感。

喝过工夫茶，觉得费时费劲；喝过各种毛尖，觉得大同小异；喝过发霉变质的茶叶，觉得要比白水有味。所以，我就觉得那些发现喝绿茶宜于读诗，喝红茶适宜读小说，喝碧螺春适合读杜牧的清词丽句，而喝白毫、紫笋适合读读古文的人，实在明白人生，活出了诗意；而像我这样爱喝茶的糊涂茶盲，真真是白白活了一场。茶盲又要每天喝茶，每天喝茶又对茶道一无所知。对名贵喝不出味道，对霉茶、常茶，觉得总比没有茶好，这样的人，和混在兔群中的羊没有什么差别。

明天我又要回老家办事，还是捎二斤茶叶放在母亲专门储茶的那瓦罐里吧。母亲说，村里谁家孩娃有了积食不化，甚或谁家小伙子找对象要和姑娘见面，常去她那儿讨要茶叶，因为她有一个儿子工作在外。

第二辑

回忆，注定单枪匹马

这一提要的内容，当时让我猛地一惊：原来，写出这样一部书来，就可以让一个人逃离土地，可以让一个人到城里去。也就那个时候，一九七五年前后，我萌动了写作的念头，播下了写一部长篇小说，到城里出版并调进城里的一种狂妄而野念的种子。

写 作

——

　　直到今天，对于知青我都没有如许多人说的那样，感到是他们，把文明带进了乡村；是他们在乡村的出现，才使农村感受到了城市的文明和文化。于我最为突出的感受，就是他们的出现，证明了城乡的不平等差距远远大于人们原以为的存在，远远不只是一般的乡村对都市的向往与羡慕，还有他们来自娘胎里的对农民和乡村的一种鄙视。

　　知青们走了，他们让我隐约地明白，与其在土地上等待一种命运，远不如努力地逃离土地，去尝试着改变一下什么。也许，就在那些年里，也许是在我读二年级时，遇到的那个来自洛阳的女性同学，让我过早地萌生了逃离土地的欲念。只是知青们的到来，让那种子似的欲念，开始了一种莫名的水润膨胀。

　　我开始渴望，有一天真的离开土地，走进城里。如同急要从土地上逃走的贼样，我日日地瞪着寻找机遇的双眼，盯着我面前每一天的日子。也就忽然在某一天里，从大姐的床头，拿到了一部长篇小说，书名是《分界线》，作者是张抗抗。今天，在三十几年之后，我已经无法回忆起那部书的故事、情节，还有什么细节。但是，在书的封底上那惯常的内容提要里，却写着张抗抗是从杭州下乡到北大荒的知青，由于她写了这部小说，由于她到哈尔滨出版社进行了修改，于是在这部小说出版之后，张抗抗就从北大荒留在了省会哈尔滨。

这一提要的内容，当时让我猛地一惊：原来，写出这样一部书来，就可以让一个人逃离土地，可以让一个人到城里去。也就那个时候，一九七五年前后，我萌动了写作的念头，播下了写一部长篇小说，到城里出版并调进城里的一种狂妄而野念的种子。

也就开始了偷偷的写作。

也就在刚把一部名为《山乡血火》的革命长篇写下开头的时候，我开始到几公里外宋朝的大理学家程颢、程颐的故里，去读了高中。在刚进高一的一个班里，有人偷偷指着我们的语文老师，说他姓任，不仅上过大学，而且还在家里写着比《红楼梦》更为伟大的一部小说。说《红楼梦》只有四卷，而他的小说，却要比"红楼"长出一卷。

我对我的老师，肃然而起敬。

在一次课上，老师讲着语文，提问我时，我答非所问，反宾为主，问老师说，你真的在家写着比《红楼梦》更长的小说？那姓任的老师没有答我，而是从口袋取出一个旱烟包来。在讲堂之上，他熟练地撕下一张纸条，卷起了一根"炮筒儿"烟卷，点燃后昂然吸着，脸上露出神秘的笑容，说你们都看过《红楼梦》吗？如有机会，都应该看上一看。那个时候，我并没有意识到《红楼梦》一定就比《分界线》更为伟大，曹雪芹一定就比张抗抗和我们老师，有何过人之处。恰恰是后者和她的作品，让我觉得所谓的写作，并没有多么了不得的神秘，也不是什么遥不可及的事情。

父亲的树

———

记得的，有段年月的一九七八年，是这个时代中印记最深的，如同冬后的春来乍到时，万物恍恍惚惚苏醒了，人世的天空也蓝得唐突和猛烈，让人以为天蓝是染杂了一些假——忽然地，农民分地了。政府又都把地分还给了农民们，宛同把固若金汤的城墙砸碎替农民作制成了吃饭的碗，让人不敢相信，让人以为这是政策翻烧饼、做游戏中新一次的躲猫猫和捉迷藏。农民们也就一边站在田头灿烂地笑；另一边，有人就把分到自家田地中的树木都给砍掉了。

田是我的了，物随地走，那树自然也该是我家的财产和私有。于是，就都砍，大的和小的，泡桐或杨树。先把树伐掉，抬到家里去，有一天政策变了脸，又把田地收回到政府的册账和手里，至少家里还留有一棵、几棵树。这样儿，人心学习，相互比攀，几天间，田野里、山坡上的那些稍大的可檩可梁的树木就都不在了。

我家的地是分在村外路边的一块平壤间，和别家田头都有树一样，也有一棵越过碗粗的箭杨树，笔直着。在春天，杨叶的掌声哗脆脆地响。当别家田头的树都只有溜地的白茬树桩时，那棵杨树还孤零零地立着，像一个单位广场上的旗杆样。为砍不砍那棵树，一家人是有过争论的。父亲也是有过思忖的。他曾经用手和目光几次去拃量树的粗细和身高，知道把树伐下来，盖房做檩是绝好的材料和支持，就是把它卖了去，也可以卖上几十近百元。

几十近百元，是那年代里很壮的一笔钱。

可最终，父亲没有砍那树。

邻居说："不砍呀？"

父亲在田头笑着回人家："让它再长长。"

路人说："不砍呀？"

父亲说："它还没真正长成呢。"

就没砍。就让那原是路边田头长长一排中的一棵箭杨树，孤傲挺拔地竖在路边上、田野间，仿佛是竖着的乡村人心的一杆旗。小盆一样粗，两丈多高，有许多"杨眼"妩媚明快地闪在树身上，望着这世界，读着世界的变幻和人心。然在三年后，乡村的土地政策果不其然变化了。各家与各家的土地需要调整和更换，还有一部分政府要重新收回去，分给那些新出生的孩子。于是，我家的地就冷猛是了别家田地了，那棵已经远比盆粗的杨树也成了人家的树。

成了人家的地，也成了人家的树。可在成了人家的后的第三天，父亲、母亲和二姐从那田头上过，忽然发现那远比盆粗的树已经不在了，路边只还有紧随地面白着的树桩。树桩的白，如在云黑的天空下白着的一片雪。一家人立在那树桩边，仿佛忽然立在了悬崖旁，面面相觑着，不知二姐和母亲说了啥，懊悔、抱怨了父亲一些什么话。父亲没接话，只看了一会儿那树桩，就领着母亲、二姐朝远处我家新分的田地去了。

到后来，父亲离开人世后，我念念想到他人生中的许多事，也总是念念想起那棵属于父亲的树。再后来，父亲入土为安了，他的坟头因为幡枝生成，又长起了一棵树。不是箭杨树，而是一棵并不成材的弯柳树。柳树由芽到枝，由胳膊的粗细到了碗状粗。山坡地，不似平壤的土肥与水足，那棵柳树竟也能在岁月中坚韧地长，卓绝地与风雨相处和厮守。天旱了，它把柳叶卷起来；天涝了，它把满树的枝叶蓬成伞。在酷夏，烈日如火时，那树罩着父亲的坟，也凉爽着我们一家人的心。

至今乡村的人多还有迷信，以为幡枝发芽长成材，皆是很好很好的一桩事。那是因为人生在世有许多厚德，上天和大地才让你的荒野坟前长起一棵树，寂时伴你说话和私语，闹时你可躲在树下寻出一片儿寂。以此说，那坟前的柳树也正是父亲生前做人的延续和回报，也正是上天和大地对人生因果的理解写照和诠释。我为父亲坟头有那棵树感到安慰和自足。每年上坟时，哥哥、姐姐也都会把那弯树修整一下枝，让它虽然弯，却一样可以在山野荒寂中，把枝叶升旗一样扬起来；虽然寂，却更能寂出乡村的因果道理来。就这么过了二十几年后，那树原来弓弯的腰身竟然也被天空和生长拉得直起来，竟然也有一丈多高，和二十多年前我家田头的杨树一样粗，完全可以成材使用对人支持了。

我家祖坟上有许多树，而属于父亲的那一棵，却是最大最粗的。这大约一是因为父亲下世早，那树生长的年头多；二是因为乡村伦理中的人行与德品，原是可以在因果中对坟地和树木给以给养的。我相信了这一点。我敬仰那属于父亲的树。可是今年正月十五间，我八十岁的三叔下世时，我们一片雪白地把他送往坟地时，忽然看见父亲坟前的树没了，被人砍去了。树桩呈着岁月的灰黑色，显出无尽的沉默和蔑视。再看别的坟头的树，大的和小的，也都一律不在了，被人伐光了。再看远处、更远处别家坟地的树，原来都是一片林似的密和绿，现在也都荡荡无存、光光秃秃了。

想到今天乡村世界的繁华和闹乱；想到今天各村村头都有昼夜不息的电锯轰鸣声，与公路边上的几家木材加工厂和木器制造厂的经营和发达；想到那每天都往城市输运的大车小车的三合板、五合板和胶合板；想到路边一年四季都赫然竖着的大量收购各样木材的文明华丽的广告牌；想到我几年前回家就看到村头路边早已没了树木的荡荡洁净和富有，也就豁然明白了父亲和他人坟头被人砍树的原委和因果，也就只有了沉默和沉默，无言和无言。

只是默默念念地想，时代与人心从田头伐起，最终就砍到了坟头上。

只是想，父亲终于在生前死后都没了他的树，和人心中最终没了旗一样。

只是想，父亲坟前的老桩在春醒之后一定会有新芽的，但不知那芽几时才可长成树；成了树，又有几年可以安稳无碍地竖在坟头和田野上。

一桩丑行

———

　　回忆丑行，是一种对往事的微笑。

　　想起二十多年前，我第一次以正义的名义，把告状信送到校长的办公室时，我已经不再怀有对同学和朋友的不安，内疚早已像儿时在田野燃起的草烟样无踪无迹，留下的只是对那时的单纯的想念。

　　那时候，我是那样渴求上进，渴望生命中充满阳光，想在中学入团，想在考试中取得好的成绩，想让我心仪已久的那些学校演出队的女孩和我多说几句话，对我微笑一下。也许，渴求上进，好好学习，争取入团，本就不是为了自己的前程，而仅仅是为了让那些女孩对我刮目相看，觉得我是她们同学中不错的一个，也就足了，也就罢了。于是，在好好学习上是下了一些力气，而在天天向上方面，除了积极主动地打扫卫生，争取多擦一次黑板之外，往学校的试验田里挑粪种地，也是扮演了脏着不怕、累着不吝的上好的角色。

　　当然，在得到老师的表扬之后，也不会忘掉乘机把入团申请交到老师手里，就像把自己的求爱信交到了媒人手里一样。炽热和真诚，在不慎间是可以把房屋、校园、草地、田野都烧起火，可以把世界上所有的寒冬都烤成春夏的暖热的。可是，时隔不久之后，从同学中传来的消息说，入团的几个人中，不仅没我，而且有的还是几个我不甚喜欢的同学。之所以不甚喜欢，不仅是因为他们的学习没有我好，往试验田里挑粪的筐灌得没有我的高满，而更为重要的，是他们的家境都比我好，穿戴也都比我穿的时新，漂亮的女同学都像蜂蝶样日日围着他们飞来舞去。现在想来，已经无法形容我那时的痛苦，说世界暗无天日，也是丝毫不为过的。他们不仅成双结对地走在上学、放学的路上，而且又都有入团的希望；不仅都有入团的希望，还有彼此恩爱的人生可能，这哪能让一个充满忌心的少年容忍得了，不做出一些反应，不采取一些措施，不仅有辱了一个少年的人格，也辱了一个男人的尊严。

是可忍，孰不可忍哦。

从学校回到家里，我彻夜未眠，写了一封检举信，揭发那些入团苗子的诸种劣迹，比如某某上课不认真听讲，某某某下课不认真完成作业，考试时曾偷看同学卷子等等，还有谁谁谁，他家不是贫下中农，而是富农成分。如此这般，我上纲上线，引经据典，说共产主义青年团是中国共产党的后备军，团员是党员的种子库；说让这些人入团，无异于为团旗抹黑，为党组织这座高楼大厦的根基中填塞废砖烂瓦，长此下去，有一天党会变色，国会变黑，大楼会坍塌，到那时，将亡羊补牢，为时已晚，后悔莫及。在天亮时分，我把那封检举信再三看了，装入一个信封，早早来到学校，如乘着夜黑风高样乘着校园安静，把那封信偷偷地塞进了校长的办公室。

剩下的时间，就是对我耐心的考验。等待着一场好戏，却总是不见幕布的徐徐拉开，这使我受尽了时间的折磨，以为那信也许是校长不慎将它扫进了装垃圾的簸箕，也许校长将信看了，随手一团一扔，对作者的名字嗤鼻一笑，说声"蚍蜉撼树谈何易"，也就算是了结。总之，随后的日子，一切仍是一切的样子，鸟还是那样飞着，云还是那样白着。以为一切都已经过去，一切都和没有发生一样，使我庆幸什么也没有发生，懊悔什么也没有发生。可在刚刚平复了内心的不安之后，在一天的课间操时，校长却突然出现在我的面前，盯着我看了半天，冷冷地对我说了两句话。

一句是："你就是阎连科？"

另一句是："管好自己，管别人干啥。"

说完这两句话，上课的铃声响了，他没有再看我一眼，就去往了某个教室。可他那两句话，却是我平生在学校听到的最严厉的批评，也是最严肃的劝诫。

之后不久，学校开了一场学生大会，宣布了一批新团员名单。我处心积虑检举的三个同学，有两个在新团员的名单中间。接下来的日子，不知道为什么，好像我所检举的几个同学，知道了我在校长那里对他们的恶行，连看我的目光，都是那样不屑和睥睨，使我不得不在上学、放学的路上，远远地躲着他们，不得不把希望学校演出队的漂亮女生多看我一眼的奢念都及时、用力地掐死在萌芽状态。为了躲避那些目光，为了躲避学校压抑的环境，也为了解救那时我家境的贫寒，之后不久，我便辍学到几百里外打工挣钱去了。每天干两个班时，十六个钟点，能挣上三块两毛钱。

随后，为了谋生，我又当兵到了部队。探家时听说我曾经揭发过的那两个同学终于结婚成家，誓为百年之好。我羡慕他们，也很想去祝福他们，而且还听说因我找对象困难，他们夫妻曾跑前跑后，给我张罗女友，于是就更加觉得愧疚。到末了，终于去了一次他们家里，他们似乎并不知道他们入团时曾经发生过的那段插曲，也就没有主动提起那桩我过往的丑行。

好在，愧疚已经过去，剩下的都是一些美好的回忆。好在，那是我平生第一次去打别人的报告，也是我这辈子最后一次去打别人的报告。

我为此感到欣慰。

掏鸟窝

在日光酷烈的盛夏，盛夏的午时，小麦将熟未熟，乡村的街道上浮荡着白浓浓的麦香。大人们搁下午时的饭碗，都歇午觉去了，把整个乡村都交给了孩子。

这时候，我就和几个同龄的孩子相邀而去，扛上谁家的梯子，提上柳条编的鸟笼，到邻居家的房檐下，到村头的树林里，先低头察看一阵，看哪儿的地上有一堆一片的鸟粪，依此定断那儿有没有鸟窝；然后，再在鸟粪多的地方悄然站下，竖耳静听，看有没有小鸟饥饿的叫声。或者，看见鸟窝之后，没有听见小鸟的尖叫，就藏在那儿等待，等待那些孵蛋的鸟雀在窝里的动静。也许她孵得累了，会起来抖抖身子，换种姿势，这时就有羽毛从空中落下；再或许，她在孵着不动，她的丈夫外出觅食去了，会回来给她送些吃食，或者回来替她孵上一会儿，让她出去找些食点。总之，它们总是逃脱不了我们的耐心，会最终暴露给我们的淘气。而我们，也大多是弹无虚发，马到成功，每天中午都能掏出几窝小鸟，或者一窝、两窝的鸟蛋。然后，再把那鸟窝连窝端走，回到家里养着小鸟，或用棉花孵那鸟蛋。

整个夏天，就这样玩耍。

可是，有一天，在我端着一棵榆树上粗瓷碗似的鸟窝和鸟窝中红毛茸茸的几只小喜鹊回到家里时，我看见我家墙上原来挂的八仙过海图、牛郎织女画和天女下凡的像被人揭去了，正堂桌上祖先的牌位不见了，还有为祖先烧香用的精美的香炉被摔碎在了屋中央……屋子里凌凌乱乱，布满灰尘，如被谁洗劫了一样。

这是一九六八年的事情。那是一个特殊的年代，社会上正搞"文化革命""破旧立新"，抄家是常有的事，尽管我家是一户普通乡村最普通的农民。

从此，我就不再去掏鸟窝了，和长大了一样。

操场边的记忆

———

　　谁都知晓，人的一生，记忆之清晰莫过于童年留下的印痕。以此论之，关于军人的记忆最为清晰的，也许就是新兵的那段生活了。新兵的生活，是军人最为难忘的一段人生，不逊于一场战争在人生中留下的伤疤或者鲜花。

　　新兵是许多军人真正人生的开始，正如幼童听到汽笛的第一声鸣响，也许就开始了一个人航海或者登月的生命历程一样，而新兵生活中的一点一滴，许多时候，都被我们认为是军人生涯的最初预兆，所以它在记忆中总是蓬蓬勃勃，如火如荼。

　　回忆起来，穿着肥大的军装在一个寒冷的冬夜踏进军营，一夜朦胧，一夜恐惧而又新奇的不安，第二天早早起床，迈着农民的脚步，第一眼看到的是近于无垠的操场，宽宽大大，在日光中平坦出使人敬畏的情感。那一场枯干的野草，那野草上跳荡出黄灿灿的馨息，都颇类于一个农民在一个早晨独自站在漫无边际的田野所望到的一些情景。唯一有所不同的是，操场边上排列的单杠、双杠、木马和障碍物，使我隐隐约约想到了军人生活的一些严峻，还有遥遥立在操场最远端的阅兵台，它投下的暗影浅黑悠长，最为能够扩展一个新兵的想象。

正是这样的景色，构成军营中的一些独特。这种独特，不仅体现着环境意味，而且是一种文化的蔓延，如果它在你眼前呈现的是音符，你就会获得一种人生的韵律；如果呈现的是色彩，也许你就获得了人生的画感；如果呈现的是操场、木马、单杠、双杠和练兵的障碍物，即是它本身，兴许你就是一个真正而实在的军人了。无论你的军旅生涯是短短几年士兵的摸爬滚打，再或是一生以军衔为标志的人生晋升，你能在第一眼看见操场、木马、单杠、双杠和障碍物时，把这些东西都认作"军品"，无论如何说，你就有了军人最好的开端。也许，将军之路，正从那一刻开始在你的脚下无声地延伸也未可知。

这一切似乎都无定数，一如人生命运不可能像五十四张扑克牌握在我们手中一样。虽然戏法多变，但终有定律。人生就是这样，当你被岁月催行了许多行程之后，当你遭受了致命一击，别人把噩耗传来，你有能力坐在床前默想一会儿，从从容容地该干什么去干了什么时，再回忆你新兵的一些生活，譬如你和我一样，回忆第一次从田野的地头跨立在操场边的感受，你会发现不定之中，也许有着一定的律节，不过那庞大的不定之中的微弱一定不是平凡的我们能够捕捉的而已。所以，命运总是掌握着我们，而我们总难掌握它的航向。

那时候，那个二十年前冬天的清晨，我独自立在豫东的一个军营的寂静里，默默地注视着最先走进我视野亦就走入我人生的一景一物，究竟想了一些什么，委实已说不清楚。但那个时候，我的脑子里决然不是空白。因为在那酷冬之中，在那一片萎白的操场上干厚的野草中，我发现了草下有了稀稀落落的青绿，我还拔下了一棵草芽放在嘴里嚼出了浓烈的腥气，至今那腥气都还从我嘴里朝着我四十岁的心脾扩散，就像我在家种地时时常摘一片树叶含在嘴里久久地品味一样，这些都根深叶茂地生长在我的记忆之中。我不知道我到底在那操场边站了多久，只记得初去时太阳从豫东平原黏黏拽拽地缓升上来，和大地撕连，仿佛一片椭圆的富有弹性的发光橡胶，到后来砰的一声，就脱离了大地的干系，独自跃到空中成了坚硬独立的火球。

这时候又有新兵站在了我的身旁，和我一样，望着操场，也望着太阳。渐次地，人就多了起来，似乎一个新兵连的人都从新兵的陌生中站在了操场边上。也就这个当儿，我对大家说了一句话，我说这操场多大哟，这么平整，要种庄稼每年能打多少粮食呀。不消说，我这样的语言，招来了许多人的不屑。我的一个同乡，他是我的好友，这时候和善地朝我冷笑一下，说你别总想着种地，天安门广场比这儿还大，比这儿还平，要种地比这儿还丰收，你能去种吗？说完了，他又盯着我急问，你能去种地吗？许多年之后，我的这位一心要做职业军人，在部队军事素质最好，是团里唯一的提干苗子，可几次提干，却因与他无关的种种原因，都没能提将起来的同乡，在家乡承包了大片山脉和土地，因为连年不收，过着非常艰辛的日子。这使我想到他那时问我的话里，有着多么深刻的一些暗含。原来所谓的人生，就是让你一生去干你不想干、不能干的事情，若每个人都干他想干而又能干的事，那也就不再是人生了。

而另一位那时同我并肩而立在操场边上的、在县城是电影放映员的战友，在新兵时期，他队列、打靶从来都是不及格的，班长为了帮他跳过木马，曾经在他屁股上踢过几脚，问踢你亏吗？他说班长，一点不亏。那当儿，谁都认为他是新兵连最没出息的人，可在他用十六年的军旅生涯就完成了一段士兵至师政治部主任的奋斗，从而成为一个军区最年轻、最有前途的上校时，他不无得意地笑着告诉我说，他立在操场边上时，脑子里产生的第一个念头就是，那操场是放电影的好地方，是敲鼓、唱戏的好地方。而我新兵连的另一战友在那操场上站了站，则干了一件惊天动地、光彩照人的事：他写了一篇足有五百字的散文，名为《练兵场上的草》，让编辑稍为涂改，被当作散文诗，发表在原武汉军区《战斗报》的副刊上。这一下子轰动全团，分兵时所有单位都哄抢着要他。于是他很快就成了团里的新闻骨干。然而没想到的是，他在提干的前一天踏着风雨下连采访时，滑进一条深不过一尺的河里，却再也没能从那河水里走出来。

今天，我从结果出发，对原初去回忆和寻找。不消说，任何事情都可见其原因和结果；也不消说，任何事情最为重要的部分，则都是过程本身，无论这过程是奋斗、沉沦、平庸，乃至堕落。因为这些，我们就总是以为原初和结果肯定有某种暗合，原初总为过程开启某一方向的门窗，为过程搭下最初的桥梁。就是我们常说的，同一定之中存在着无常一样，不定之中一定有着它隐暗的节律，只是看我们如何去寻觅与把握罢了。尽管无常和不定常常淹没一切，但存在的却总是存在着，如军营操场上总有堂而皇之的野草生长，农民的庄稼地里一年四季也都有谷稞粮禾对野草的掩盖一样，无非这些野草在不同人的眼里有着不同的色彩、气味和形状，而野草本身，却自有其不可改变的完全本性的色彩、气味和形状。它在不变之中而变更，在变更之中而固守。

这就是我们与生俱来的做人的信条，把握命运的契机，送给比我们更年轻的人奋斗的阶梯和力量，可是我们却从来没有告诉他们一个人明明是向东走着，为什么却到了落日的地方；为什么一个士兵倾尽心血要做职业军人，结果却回家种地，而另一个士兵，并不热爱军营，却又成了注定要一生穿军装的军人，而另一个富有才华、充满朝气的生命，脚下一滑，却死在了不足一尺深的水里。这一切都是因为什么？是什么力量在支撑、左右着这一切？我们知道的那些人生定律无论如何是不能回答的，可我们又从来都是用万能的人生定律来解释一切。我们忘了无常的庞大、繁杂；忘了从根本上说，无常是一种存在，有常是无常中呈现的一种组合，而组合则会因为任何一个环节的损坏和改变而重新回到无常。相信有常也许会使人活得努力，富有进取心，可知道无常却能使人活得明白、深刻、平静，不至于出现人生中无常的跌落。

让人家相信有常，也该让人家知道无常，这才是一种真正的善良和责任。

最初的启悟

——

　　写作需要有最为原初的启悟，如同成长中的婴儿必须听到母亲给他（她）唱的第一首儿歌，讲的第一个故事。把这原初的启悟追溯到老师身上，我想于我，应该是三十多年前，在初一的一次作文课上。因为课文中有斯大林写给列宁的祭奠文章，很长，五千字左右，三个大段，每段又都有"一""二""三"的界分。老师用三天时间讲完了那篇课文，要求每个学生，模仿课文和根据对课文内容的感受写出一篇作文。而我唯一的学习收获，就只能用一个字去概括那篇伟人写给伟人的文章——长。

　　于是，也就用通宵的时间，写出了一篇记人的作文，五千多字，同样用"一""二""三"界分出三个大段。把作文交了上去，耐心地等了一周，待作文又发将下来时，同学们都争眼夺目地抢看老师在作文后面用红笔写给每个同学的洋洋评语。这时我才发现，我用全班最长的作文，换回了全班最短的评语："你的思路开了，但长并不等于就是好文章。"这个评语，表面没有给我带来褒奖的喜悦，然而"思路"二字，却长时间萦绕在我白纸样的脑海里，直到今天，几十年过去，我还总是要对"思路"二字不断地进行品嚼和回味，如同回味、品嚼年少时偶然得到的一枚天果。

初中的"思路"，倘若是一把开启我写作之门的钥匙，那么，高中的另一位热爱写作的老师，大约是给我扭动钥匙的胆量和力量的人。我不知道他是从哪儿调到我们学校的，总之，是在开学很久，他突然出现在了高中语文课的讲台上。给我们讲课时，他总是面带含有讥讽的怪异笑容，嘴里叼着一根很长的自制的炮筒子卷烟，对所讲的课文，又总是要指出一些写作上的不足，并说一些"这样写"不如"那样写"的话。

实在说，尽管他课讲得很好，但没有给同学们留下太好的印象，因为他在讲台上过"狂"，他的那种异容怪笑，也难以让人接受。于是，同学们常常在校园里躲着他行走。谁都弄不明白，他凭什么可以在讲台上"狂讲"，可以用叼烟怪笑来面对他的学生和他人。可是，在时过不久之后，不知从哪儿传来一条消息，说他正在写着一部小说，已经写了十年有余，而且要写得比《红楼梦》还长，和《红楼梦》一样伟大。这条消息在同学们中间不胫而走，传得沸沸扬扬。于是，这沸扬的消息也就回答了同学们对他所有的不解和疑问。那时候，我们谁都相信他能写出一部新的《红楼梦》来，因为他在课堂上的笑容告诉了我们这一切。一个可以写一部《红楼梦》那样小说的人，他怎么可以没有权利叼着自制的卷烟和面带讥嘲的笑容，站在讲台之上，并以此容、此貌，去面对那"文革"时的课本、学生和那时的乡村社会呢？

可惜，我没有聆听到他多少次的授课，因为高中没有毕业，我就辍学外出打工去了。从此再也不知道他的写作到了哪步田地。然而，正是他要写一部《红楼梦》那样的小说的创作，扫清了写作在我面前铺就的朦胧与神秘，促使我在某一天的狂妄里，大胆地握起了写作之笔。今天，算将起来，已经过了三十余年，我完全不知道那位给"思路"的张梦庚老师和给"写胆"的任文纯老师，都是生活在什么景况之中，然每每回忆起他们来，就总是想起父亲、母亲最初教我数数和给我讲民间传说、田野故事的那难忘的面容。想起父亲、母亲，又总是会想到他们在讲台上那让我不能忘怀的讲姿和作文后面点睛启悟的评话。

病 悟

———

去年的事情。

去年回老家，感冒了。日常病症，并不怎么放在心上，如不把一片树叶落在头上当作沉重样。然却日挪一日，不见好转，且还鼻塞、咳嗽、发烧，忽时身冷身热，也就决定去趟医院。

医院离我老家二三里，绕过村头，踏着一片被乡村繁闹挤到远处的小路，转转弯弯，就可到了。我就踩着那一绳小路，躲着繁闹，绕着村头走着。走着要路过一片开阔的庄稼地段，种的是小麦，季节是初冬，到处都已显下荒凉，树上无绿，只有偶卷偶挂的枯腐干叶翘在天空，如浩蓝天空中抖下的大块尘灰在路边上方浮着悬着。树也多是乡村泡桐，在路边均匀站立直竖，显得孤寂虚空。我就在那树下走着，听到了树在风中的呢喃私语，听到了枯叶从天空落下的呢喃叽吱。就走着，总是抬头，越过枯枝把目光仰向天空，和洁净辽远对视对语，说些什么，直到脖颈累了，低下头来，就看到一棵两人抱不住的粗桐下边扔着一个东西，像污了的玻璃样有些隐隐的闪光。

我从那桐树下边走了过去，没有在意那模糊的光亮，也没有在意那光亮的一段物品。可是走着，又觉得我在背后丢了什么；或者，有一样东西，我该捡的，却没有捡它。

犹豫着，想也许是一段被土埋的白玉，就又走了回去。

弯腰，看那隐约闪光的东西，捡起，竟是一段在日光下扔着的腐白骨头。也许是兽骨或猪骨，几寸长，细于汽水瓶儿，且那骨上有了许多网裂和虫蛀的小孔。想要扔掉，却想起那骨头也许不是兽骨、猪骨或牛骨。也许，它是一段人的骨头。记得少时在家，经常可以在田野某处或坟前的哪儿，捡到坟墓迁移时漏落在地上的人的骨头。想到是人的骨头时，我浑身颤冷一下，差点像抓到了火样把那骨头扔出去。

可是我没扔。

我把那骨头慢慢放在面前。面前是裸出地面的一根比碗粗的树根。我坐在那树根上，瞅着那段腐白骨。

我坐在树根上，就瞅着那段腐白骨。

我就坐在那根碗粗粗裸的树根上，怔怔地瞅着那段腐白骨。

瞅着和想着，太阳落山了，最后的红光从我面前探过来，试着铺在那段腐骨上，把腐骨染上红亮和灿然。接下来，那越了腐骨的光，爬上我的脚，爬上我的膝，爬到我脸上，把我的脸照得红光满面、温温暖暖，让我感到一世界都是祥和温煦了。这时候，我把那腐骨拿起来，放在泡桐树的树根旁，捧来麦田的土，把那骨头埋在了树根边，抬头看着洁净的天、深红的日，再看着面前两人不可抱住的大桐树，想到我家乡盖房时，人们多用泡桐做房梁，也多用泡桐做死后的棺材板，就试着抱了抱那泡桐树的粗。

这一抱，我豁然洞开了。

悟到了不可言说的生死深奥。

在那树下站一会儿，我没有再往医院去，转身朝着我家回去了。

没看病，却在回家的当夜就浑身轻松，烧退咳止，来日连半点感冒的征兆都没有。

小 学

——

　　年代存在，是因着记忆。有的年代过去了，有刀凿之痕；有的年代，平淡无奇，如飘浮流云，风来雨去，了无迹痕，只留一些味道在其中。

　　宛若我不知道我的出生年月样，也不知道我是何年何月开始读的书。家在中原的一个偏穷村落里，父母计时，一般都依着农历序法，偶然说到公元年月，村人们也都要愣怔半晌。在中国的乡村，时间如同从日历上撕下的废纸。之所以有着时间，是因着某些事件。事件是年代的标记，如同老人脸上的皱褶标刻的岁月。

　　之所以有着那一年的存在，是缘于那年我与二姐一道到村头庙里读书的因由。

　　那一年，由一升二的考试，我的语文是六十一分，算术六十二分。六十分及格升级，这个分数，便如一蹴而就的力气，幸运地把我推过了升级的门槛。可这个分数，也让我感到稍嫌羞涩和不安，感到难以面对父母和村人。我隐隐有些明白，我的分数偏低，是因了同班二姐的分数有些靠高了。她的语文和算术，都在八十几分。你试想，倘是她的分数比我的还要低，我的分数也就自然会显山露水，突出着高的端倪了。

事实正是这理，没有姐的高分，自是不显弟的低分。

我开始嫉恨二姐。

开始到父母面前，仰仗兄弟姐妹的排行，以我最小之势，说些二姐的坏话。开始把她的东西藏将起来，让她以为丢了，四处翻天找地，踪迹了无，直到父母急得骂她，她也开始哭泣，我再做出替她着急的样儿，从哪儿把那东西猛地找将出来了。

二年级的开学前，是个寒冬天。正月，过了十五，她的书包丢了，找得大汗淋漓，母亲差一点儿就要打她，我便从她的床头费尽心机又轻而易举地替她找了出来。望着那书包，二姐开始怀疑于我，可又确无证据，最后我们姐弟经过相争相吵，她只好给了我一毛钱，作为一种无奈的谢意。

我用那一毛钱，上街买了一个烧饼。直到今天回味那烧饼的味道，它还依然香味弥漫，美得让我无以言说。

然而烧饼虽香，可终于还是要去读书。我担心二年级时，仍与二姐同班，那会给我的学习带来莫名的压力。为此，开学那日，我迟迟地不往学校迈步。在学校外边磨蹭得天长地久，如一个害怕对方而不敢登台的懦弱的拳手，磨蹭在拳台下边等候着意外和侥幸的发生。

也就果然。

那天上午，日光明明丽丽，照着冬后的残雪，如同一面镜子映照出这世界的明光。老师和学生们扫了校园的积雪，走进教室许久，到上课的铃声响得有些泼烦不安时，我才迟迟地走到教室门口。恰在这时，有个亭亭玉立的女老师，人苗条细腻，满身都是让人着迷的某种气息，她过来问了我的姓名，把我带到了另外一个教室的门口，说我被调到了她的班里；说把我和二姐分开读书，是为了便于我们姐弟在学习上愈发努力，有可能就更上一层楼去。

那时候，我不知道感谢上帝，不明白命运与人生，原是多么需要偶然与幸运，只是感到女老师能洞穿人心，明细温柔，宛若风光对季节的问候。那时候，我于学校和教育的感恩之情，油然而生到似乎有假，如同温煦的光亮在一个孩子心里天宽地阔，透明而清净。似乎，我一生命运中的幸运，都从那天开始；不幸，也都在那个年代里埋下。

今天拉开那个年代的戏幕，呈现的第一场次，就是那天的一个场景。

老师把我领进教室，让我坐在第一排的最中间，而我的同桌，奇迹般地不是一个男的，也不是一个乡村姑娘。她穿着整洁，皮肤嫩白，人胖得完全如了一个洋娃娃。单是这些，也就罢了。而更为重要的，是在我坐下之后，她用铅笔在课桌的中间，为我俩画下了一条性别的楚河汉界，用城里人自然奶甜般的细音告诉我说，彼此谁都不能越过，写作业时，谁的胳膊也无权触碰谁的胳膊。

这是二十世纪六十年代中期。就像七十年代必须由六十年代起源一样，似乎我的觉醒，比如自尊，比如对男女与城乡的理解，还有对革命的一些敬畏，也大都始于此时。那一学期，学习上没有二姐的压力，可有了另外的让我更为窒息的压力与心跳。她姓张，那个胖胖的城里女孩，似乎是父母与革命有些什么联系，工作从都市洛阳调到了我们村街上的一个商业批发部门。因此，她成为我命运中的第一个偶然，一个幸运，一段至今令我无法忘记的启迪与感激。

她学习很好，每周测验考试，都是九十几分，这不仅证明着我和她学习上的差距，也还证明着一种久远的存在，即与史而存的城乡差别；证明着她在课桌上画的那条中轴铅线，不仅合法，而且合理，不仅合理，而且深意蕴含。我不知道我是否是为了她开始了用功学习，还是为了一个乡下男孩的自尊和城乡之间留给乡村的那点儿可怜的尊严，而在学习上开始了一种暗自、暗自的努力。我们的老师，她漂亮、高瘦，稍有肌黄。而且，越来越黄。同学们都说她有肝炎，并且还会传染；说只要和她距离稍近一些，只要你把她呼出的气息吸进自己肚里去，那病也就一定生生传染于你了。同学们还曾盛说，屡次看见她在屋里熬了中药，还吃了白色的药片什么的。

教室里分坐在第一排的同学们，在她上课时，常有躲着她坐到后排的。可是我却不。我喜欢坐在最前排，坐在她的鼻子下，抬头看着她那泛黄却仍然漂亮的瓜式脸蛋，听她讲语文、道算术，说她在城里师范读书时的一些新新和鲜鲜；喜欢不越楚河汉界，不说一句话儿，坐在洋娃娃的身边。为了暗赶那洋娃娃的学习，缩短我和她的城乡差距，我不仅整日端坐在有病的老师面前，还敢拿着作业，到老师屋里面对面地问些问题。

我也看见了老师吃药。确实是白色的西药片。

老师问我，你不怕传染？

我摇摇头。

老师笑着拿手在我头上摸了很久。许多年后看印度电影《流浪者》时，有位勇敢的少年，因为勇敢，被漂亮的女主人公突然吻了一下脸蛋。女主人公翩翩跹跹地步走之后，那少年回味无穷地摸着被人家吻过的脸蛋的那一细节，总是让我想到我处在那个年代被漂亮的女老师摸顶的那一感觉。正是这一摸顶，让我的学习好将起来。在期中考试时，洋娃娃似的女同桌，语文、算术平均九十四分，全班第一；而我，均为九十三分，名列第二。

这个分数，高于二姐。相比我的同桌，只还有一分之差。

仅就一分之差。

原来，学习并非一件难事。我感到和她的这一分之差，是如此之近，仿佛仅有一层窗纸的距离。我以为，在学习上超越于她，成为班里第一或年级第一，其实如同抬头向东，指日可待。说句实落话，那一年的暑假，我过得索然寡味，毫无意义，似乎度日如年，盼望开学坐在女老师的身边，认真听她授课说事，是那样急迫要紧。盼望着一场新的考试，就像等待着一场如意的婚姻。

可是，到了终于开学那天，我的女老师，却已经不再是我的老师了。

她被调走了。

听说是嫁了人，嫁到了城里去。丈夫好像还是县里赫赫的干部。好在，女同学还在，还是我的同桌。开学时，她还偷偷送给我一个红皮笔记本。那本子是那个年代我的一次珍藏和记忆，是我对那个时代和城乡沟壑认识过早的一个开始和练习，还是我决心在下次考试之时，超越于她的一份明确和期盼。我依依然然地努力学习，依依然然地按时完成作业，依依然然着，我的幼稚和纯净。但凡新任班主任交代的，我都会加倍地用功与努力；但凡对学习有所进助的，我都不滞与不懈。连那时语文课中追增的学习毛主席语录的附加课，老师要求同学们读一读，我都会努力背一背；老师要求同学们背一背，我会背写三遍或五遍。

新的老师，男性，中年，质朴，乡村人。把他和我那嫁人的老师相比较，除了性别，还有一样不同的，就是他要求学生学习，绝不相仿女老师，总是要进行测验和考试。而我在那时等待着考试，就像弓在起跑线上等待起跑的一个运动员，已经伏了身子，屈下双腿，只等那一声发令的枪响，就可箭样射出去追赶我的对手了，去争取属于我的第一了。我的对手，不是我的二姐，不是班级他人，而是我的同桌女孩。她浑圆、洋气、洁净、嫩白，说话时甜声细语，准准确确，没有我们乡下孩子的满口方言、拖泥带水，也没有我们乡下孩子在穿戴上的邋邋遢遢、破破烂烂。她满口都是整齐细润的白牙，整日浑身都是穿着干干净净、洋洋气气、似乎是城里人才能穿戴的衣衣饰饰。

和她，我们彼此只还有一分之差。

仅就一分之差。

为这一分的超越，我用了整整一个学期的努力。

终于到了期末。

终于又将考试。

终于，老师宣布说，明天考试，请同学们带好钢笔，打好墨水，晚上好好睡觉。

我一夜未眠。想着明天就要考试，如同我要在明天金榜题名一般。兴奋如了那时我不曾有过的朦胧爱情，完完整整地伴我一夜，直至来日到校。教室外面的日光，一团一圆，从窗外漏落入教室以内，张致澈丽，使教室里的明亮，如同阳光下的湖水。高大庙堂里木梁上的菩萨神画，醒目地附在屋顶和墙壁的上空。老师在讲台上看着我们。我扭头看了一眼同桌，从她的眼神，我看到她有些紧张，看到了她对我超越于她的一种担心和拼比。

没有办法，这是一种城乡的沟坎，除了跳越，我没别的选择。

我把钢笔放在了桌上。

把预备的草稿纸，也规规整整地放在了课桌的左上角。

确凿地，等待着那个跳越，我就像等着下令枪响后的一次奔跑。

终于，老师来了。

终于，却是徐徐地进了教室。他款步站在土坯垒砌的那个讲台上，庄严地看了同学们，看了讲台下那一片紧张与兴奋的目光，嘴上淡淡地笑一笑，说，今年考试，不再进行试卷做题了。说，毛主席教导我们说："我们的教育方针，应该使受教育者在德育、智育、体育几方面都得到发展，成为有社会主义觉悟的有文化的劳动者。"说，为了让大家都成为有社会主义觉悟的有文化的劳动者，我们不再进行试卷考试。说，我们今年考试的办法，就是每个同学都到台上来，背几条毛主席语录，凡能背下五条者，就可以由二年级升至三年级。

老师话毕后，同学们集体怔了一下。

随之，掌声雷动了。

然我没鼓掌，只是久远不解地望着老师，也瞟了一下我的同桌。她也在随着同学们鼓掌，可看我没鼓后，也就中途猛然息去了她的鼓掌声。

自那之后，我们升级都是背诵毛主席语录。这让我对她——那个来自城里的女孩，再也没了超越的机缘，哪怕只还有一分之差。那年代中的一些事情，虽然微小，却是那年代中怪异浓烈的一股气味，永永远远地铸成坚硬的遗憾，在我的人生中弥弥漫漫，根深而蒂固。在那个年代读书，二升三时，只需要背诵五条毛主席的语录；三升四时，大约是需要背诵十条或是十五条。其间为了革命和全国的停课闹革命，还有两年没升级。没有升级，也依然上学，学习语文，演习算术，背诵毛主席语录、毛主席诗词，和那老的三篇：《为人民服务》《纪念白求恩》与《愚公移山》。今天，回味那个年代，其实我满心都充盈着某种快乐和某种幸福的心酸。因为没有学习的压力，没有沉重的书包，没有必须要写的作业，也没有父母为儿女升学的愁忧。伴随我童年的，除了玻璃弹子、"最高指示"和看着街上大人们的游行，还有亲自跟着学校的队伍到村街上庆贺毛主席最新指示的发表，这都是一些快乐的事情——就是到了今日与现时，这些欢乐也意味无穷着。然而剩下的，是永不间断的饥饿和寂寞，下田割草和喂猪与放牛。这让我感到了乡村的无趣和疲惫，土地的单调及乏味，仿佛葛藤草蔓般缠在我身上。好在，岁月中夹缠的却久远的幸运，就是直到我小学毕业，那些住在乡村的几个"市民"户口的漂亮女孩，她们总是与我同班。她们的存在，时时提醒着我的一种自卑和城镇与乡村必然存在的贫富贵贱；让我想着那种与生俱来的城乡差别，其实正是一种我永远想要逃离土地的开始和永远无法超越的那一分的人生差距。

高　考

———

中国的社会，又有了高考制度。

无论什么人，都可以报名去考那事关你命运前程的大学。

从新乡回来，离高考还有四天。因为高中没有毕业，就只能找出初中课本，抓紧复习了整整四天，便和一些同村青年一道，到几里外的一个学校，参加了一次对我来说莫名其妙的高考，就像抓紧吃了几口饭食，又匆忙地奔上了人生与命运的老道一样。

记不得那年都考了一些什么内容，但记得，高考作文的题目是：《我的心飞到了毛主席纪念堂》。这个题目，充满着悲伤和轰轰烈烈的革命气息。清楚地记得，在那篇作文里，我写了我站在我自己亲手修的大寨梯田上，眼望着北京天安门，心里想着毛主席生前的伟大和光荣——在那篇作文里，我狠命地抒发了我对伟大领袖的某种空洞浩大的感念和情感。因着自己那时正写着长篇小说，而那篇作文，也就自然写得很长，似乎情真意切，壮怀激烈。作文要求是每篇千字左右，每页四百格的稿纸，每人发了三页，而我却整整写了五页。因为作文稿纸不够，举手向老师索要稿纸时，监考老师大为震惊，过去看我满纸工整，一笔一画，在别人两页都还没有写完时，我的第三页已经写满。于是，监考老师就在考场上举着我的作文，大声说像这个同学，能写这么长的作文，字又认真，句子顺畅，那是一定能考上大学的。希望别的同学，写作文都要向我学习。我不知道当时的监考老师是来自哪里，但他的一番话儿，让所有的考生在那一瞬间，都把目光集中到了我的身上。

然而那年，我没有考上大学。

我们全县，无一人考上大学。只有偶或几个，考上了当地师专。而我所在的考场，上百考生，连考上中专的也难求一个。这集体的落榜，还有一个原因，就是集体去填报志愿那天，上百个考生，无一人知道，中国都有什么大学，省里都有什么大学，洛阳都有什么学校。问负责填报志愿的老师，志愿应该写到哪个学校，老师说，你们随便填嘛。

问："随便也得写个学校名啊？"

老师说："北京大学和河南大学都行。"

问："北京大学在北京，河南大学在哪儿？"

老师说："可能在郑州。"（实际在开封。）

大家都意识到了一个问题，北京是首都，是政治和革命的中心，是全中国人民向往的一方圣地。于是，有人率先把他的志愿，填了"北京大学"四个字。随后，所有的同学都把志愿写成了北京大学。

我也一样。

当然，结局是无一录取，命运绝然地公正。

接下来，和我同考场的许多同学，都在次年进行了复读复考。而我，没有复读，没有复考，也没有到新乡水泥厂里接续着去做那炸山运石的临时工人。我想在家写我的小说。刚巧我大伯家的老大孩子，我的一个名为发成的哥哥，他是一位远近闻名的匠人，在一个水库上成立了一个小型建筑队，我就白天跟着他到水库上搬砖提灰，学做瓦工，晚上在家里夜夜赶写我的长篇小说。就是到了大年三十的除夕之夜，我也待在屋里，一直写到第二天鞭炮齐鸣，春光乍泄。

　　一九七八年的下半年里，我终于完成了这部小说。到了年底，便怀揣着一种逃离土地的梦想，当兵去了，在我人生的旅途中，迈出了最为坚实的进城寻求人生的一步。可在军营，所有的人问我为什么当兵时，我都会说是为了革命，为了保家卫国；问我为什么写作时，我都不说是为了我的命运，而是说为了革命而提高自己的文化水平，去争做一个革命的、有文化的合格军人。因为革命，是那个年代的本根。革命掩埋、掩盖了那个年代里人的一切。可是后来，有位领导听说我爱写小说，有心看看我的作品欲要提携我时，我急急地写信并打长途电话，让我哥哥把我用几年时间写的三十万字的长篇寄给我时，我哥却在来日回我的长途电话里伤心地告诉我说，弟呀，你当兵走了之后，母亲每天烧饭和冬天烤火，都把你写的小说当作烧火的引子，几页几页地点着烧了。

　　我问："全都烧了？"

　　哥说："差不多全都烧了。"

一个人的三条河

———

生命与时间是人生最为纠结的事情，一如藤和树的缠绕，总是让人难以分出主干和蔓叶的混淆。当然，秋天到来之后，树叶飘零，干枯与死亡相继报到，我们便可轻易认出树之枝干、藤之缠绕的遮掩。我就到了这个午过秋黄的年龄，不假思索，便可看到生命从曾经旺茂的枝叶中裸露出的败谢与枯干。甚至以为，悦然让我写点有关作家与死亡、与时间的文字，对我都是一种生命的冷凉。但之所以要写，是因为我对她与写作的敬重。还有一个原因，是朋友田原从日本回来，告诉我一个平缓而令人震颤的讯息，他说谷川俊太郎①先生最近在谈到生命与年岁时说道："生命于我，剩下的时间就是笑着等待死亡的到来。"

富有朝气、卓有才华的诗人兼翻译家田原，年年回来总是给我带些礼物。我以为他这次传递的讯息，是他所有礼物中最为值得我收藏的

———

① 日本当代诗人、剧作家、翻译家。——编者注

一件。日本的亚洲文学，或说世界文学，大江健三郎①、谷川俊太郎和村上春树，约是最为醒目的链环。他们三个人中，诗人谷川俊太郎年龄最长，能说出上边的话，一是因为他的年岁，二是因为他的作品，三是他对自己作品生命的自省和自信。由此我就想到，于一个作家而言，关于时间、关于死亡、关于生命，可从三个方面去说：一是他自然的生命时间，二是他作品存世的生命时间，三是他作品中虚设的生命时间。

自然的生命时间，人人都有，无非长短而已。正因为长短不等，有人百岁还可街头漫步，有人早早夭折，如流星闪逝。这就让活在中间的绝大多数，看到了上苍对人的生命之无奈的不公，滋生的人类生命本能最大的败腐，莫过于对活着的贪求与渴念，因此膨胀、产生出活着的无边欲望和对死亡莫名的恐慌。

我就属于这绝大多数中最为典型的一个。在北京，最怕去八宝山那个方向。回老家，最害怕看见瘫坐在村口晒阳的老人和病人。十几年前，我的同学因为脑瘤去世，几乎所有在京的同学，都去八宝山为他送行，唯独我不敢去那儿和他最后见上一面。可是结果，大家去了，在伤感之后，依然照旧地工作和生活，而我却每天感到隐隐的头痛头胀，严重起来如撕如裂，于是怀疑自己也有脑瘤，整整有半年时间，不写作，不上班，专门地托亲求友，去医院，找专家，看脑神经、脑血管和大脑相关的各个部位。单各种CT和核磁共振的片子拍得有一寸厚薄。医院和专家也都不惜你的钱，看见小草就说可能会是一株毒树，不断地引领你从感冒的日常遥望癌症的未来，直到最后在北京医院求见了一位八十多岁的脑瘤专家，他在比对中看完各种片子，淡淡地问我："你看病自

---

① 日本当代小说家，曾获诺贝尔文学奖。——编者注

费还是报销？"我说："全是自费。"他才朝我一笑，说你的头痛头胀，还是颈椎增生所致，回家按颈椎病按摩去吧。

实话说，我常常为死亡所困，不愿去想人的自然生命在现实中以什么方式存在才算有些意义。躲避这个问题，如史铁生一定要把这个问题想清弄明的执着一样。比如写作，起初是为了通过写作进城，能够逃离土地，让自己的日子过得好些，让自己的生命过程和父母的不太一样。后来，通过写作进城之后，又想成名成家，让自己的生命过程和周围的人有所差别。可到了中年之后，又发现这些欲望追求与死亡比较，都是那么不值一提，如同我们要用一滴水的晶莹与大海的枯干去较真。

诚实坦言，直到今天，我都无法超越对死亡的恐慌，每每想到死亡二字，心里就有种灰暗的疼痛，会有种大脑供血不足的心慌。就是两三年前，北京作协的老作家林斤澜先生因病谢世，我找不到理由不去八宝山为他送行，回来后还连续三个晚上失眠烦恼，后悔不该去那个到处都是"祭"字、"奠"字和黑花、白花的地方。现在，弄不明白我为什么要继续写作，我就对人说："写作是为了证明我还健康地活着。"我不知道这句话里有多少幽默，有多少准确，只是觉得很愿意这样去说。因为我不能说："我写作是为了逃避和抵抗死亡。"那样会觉得太过正经，未免多有秀演。可把死亡和写作，把一个人的自然生命和文学联系在一起时，我实在找不到令我和他人都感到更为贴切、更为准确，又可信实的某种说辞。

我常常在某种矛盾和悖论中写作。因为害怕和逃避死亡才要写作，而又在写作中反复地、重复地去书写死亡。我说《日光流年》是为对抗死亡而作，其实也可以说是因恐惧死亡而悠长地叹息。

《我与父辈》中有大段对死亡浅白简单的议论，那其实也是自己对死亡恐惧而装腔作势的呐喊。我不知道我什么时间、在什么年岁可以超越对死亡的恐慌，但我熟悉的谷川俊太郎先生，在年近八十岁时说了"生命于我，剩下的时间就是笑着等待死亡的到来"那样的话，让我感到温暖的震撼。这句对自然生命与未来死亡的感慨之言，我希望它会像一粒萤火或一线烛光，在今后的日子里，照亮我之生命与死亡那最灰暗的地段和角落，让我敢于正视死亡，如正视我家窗前一棵树的岁月枯荣。

如果把人的自然生命视为一条某一天开始流淌、某一天必然消失的河流，于作家、诗人、画家、艺术家等等相类似的人而言，从这条河流会派生出另外的一条河流来，那就是你活着时创作出的作品的生命时间。曹雪芹活了四十几岁，而《红楼梦》写就近二百五十年，似乎今天则刚入生命盛期。没有人能让曹雪芹重新活来，腐骨重生，可也没有人有能力让《红楼梦》消失死去，成为废纸灰烬。卡夫卡四十一岁时生命消失，而《城堡》《变形记》却生命蔓延不衰，岁月久长久长。他们在活着时并不知自己的作品会生命久远，宛若托尔斯泰活着时，对自己的写作和作品充满信心。一个画家不相信自己的作品可以长命百岁，并不等于他不理想着自己的作品生命不息。一个作家之所以要继续写作，源源不断，除了生存的需求，从根本去说，他还是相信自己可以或者侥幸写出好的乃至伟大的作品来。如果不怕招人漫骂，我就坦言我总是存有这样侥幸的莽撞野愿。但我也知道，事情常常是事与愿违，倍力无功，如一个一生长跑的运动员，到死你的脚步都在众人之后。你的冲刺只是证明你的双脚还有力量的存在，证明你在长跑中掉队，但没有选择放弃和退出。如此而已，至多也就是鲁迅歌颂的"最后一个跑者"

罢了。

在中国作家中，我不是写得最多的，也不是最少的；不是写得最好的，也不是最差的。我是挤在跑道上没有停脚者的一个。跑到最前的，他在年老之后，可以坦然地站在高处，面对夕阳，平静而缓慢地自语："生命于我，剩下的时间就是笑着等待死亡的到来。"因为他们在时间中证实并可以看到自己作品蔓延旺茂的生命，而我证实和看到的，却是不可能的一个未来。何况现在已经不是一个阅读的时代，何况已经有人断言宣布："小说已经死亡！"在我来说，我不奢望自己的作品有多长的生命力，只希望上一部能给下一部带来写作的力量，让我活着时，感到写作对自然生命可以生增存在的意义。

今天，不是文学与读书的时代，更不是诗歌的时代，可谷川俊太郎的诗在日本却可以每部印至三万余册，一部诗选集印刷五十余版、八十多万册，且从他二十岁到七十九岁，六十年来，岁岁畅卖常卖。这样我们对诗人已经不可多说什么，就是聂鲁达①和艾青还活着，对今天日本人痴情于某位诗人的阅读，也只能是默默敬仰。这位诗人太可以以"笑着等待死亡的到来"的姿态面向未来。而我们一生对写作的付出，可能只能换回当年保尔·柯察金的那句名言："当他回首往事时，不因虚度年华而悔恨。"如此豪言，也是写作的一种无奈。作品的存世，只能说明我们活着的方式。希望自己写出传世之作，实在是一种虚胖的努力，如希望用空气的砖瓦，去砌盖未来的楼厦。但尽管明白如此，我还是要让自己像堂吉诃德一样战斗下去，写作下去，以此作为证明我自然生命存在的某种方式。"决然不求写出传世之作。一切的努力，只希望

---

① 智利著名诗人，曾获诺贝尔文学奖。——编者注

给下一部的写作不带来气馁的伤害。"这是我今天对写作、对自己作品生命的唯一条约。

努力做一个不退场的跑者，这是我在战胜死亡恐惧之前的一个卑微的写作希望。

有一次，博尔赫斯在美国讲学，学生向他说："我觉得哈姆雷特是不真实的，不可思议的。"博尔赫斯对那学生道："哈姆雷特比你、我的存在都真实。有一天我们都不存在了，哈姆雷特一定还活着。"这件事情说的是人物的真实和生命，也说的是作品的永久性。但从另一个侧面说，探讨的是作品和作品中的内部时间。作家从他的自然生命之河中派生出作品的生命河流；而从作品的生命河流中，又派生出作品内部的时间和生命。作品无法逃离开时间而存在。故事其实就是时间更为繁复的结构。换言之，时间也就是小说中故事的命脉。故事无法脱离开时间而在文字中存在。时间在文字中以故事的方式呈现，是小说的特权之一。

二十世纪后，批评家为了自己的立论和言说，把时间在小说中变得干枯、具体，呈现在读者面前的如同一具又一具的木乃伊。似乎时间的存在，是为了写作的技术而诞生；似乎一部伟大的作品，从写作之初，首先要考虑的是时间存在的形式，它是单线还是多线，是曲线还是直线，是被剪断后的重新连接还是自然藤状的表现。总之，时间被搁置在了技术的晒台上，与故事、人物、事件和细节剥离开来，独立地摆放或挂展。时间欲要清晰却变得更加模糊，让读者无法在阅读中体会和把握。而我愿意努力的，是与之相反的愿望和尝试，就是让时间恢复到写作与生命的本源，在作品中，时间成为小说的躯体，有血有肉，和小说的故事无法分割。我相信理顺了小说中的时间，能让小说变得更为清晰。

在理顺之后，又把时间重新切断整合，会让批评家兴趣盎然。可我还是希望小说中的时间是模糊的，能够呼吸的，富于生命的，能够感受而无法简单地抽出来评说晾晒的。我把时间看作小说的结构。之所以某种写作的结构、形式千变万化，是因为时间支配了结构，而结构丰富和奠定了故事，从而让时间从小说内部获得了一种生命，如《哈姆雷特》那样。

人的命运，其实是时间的跌宕和扭曲，并不是偶然和突发事件的变异。我们不能忽视小说中的人生和命运里时间的意义。时间在根本上左右着小说，只有那些胆大粗疏的写作者，才会不顾及时间在小说中的存在。理顺时间在小说中的呈现，其实就是在乱麻中抽出头绪来。有了头绪，乱麻会成为有意义的生命之物；没有头绪，乱麻只能是乱麻和垃圾堆边的一团。

我的写作，并不是如大家想的那样，要从内容开始，"写什么"是起笔之源。而恰恰相反，"怎么写"才是我最大的困扰，是我的起笔之始。而在"怎么写"中，结构是难中之难。在这难中之难里，时间的重新被条理，可谓结构的开端。所以，我说"时间就是结构，是小说的生命"。我用小说中的时间去支撑我的作品，用作品的生命去丰富我自然生命存在的样式和意义。反转过来，在自然生命中写作，在写作中赋予作品存世、呼吸的可能，而在这些作品内部虚设的时间中，让时间成为故事的生命。这就是一个作家关于时间与死亡的三条河流。生命的自然时间派生出作品的存世时间；作品中的虚设时间获得生命后反作用于作品的生命；而作品的生命，最后才可能让一个作家在年迈之后，面对夕阳，站立高处，喃喃自语道：

"生命于我，剩下的时间就是笑着等待死亡的到来。"

锦绣寂寥，绕不开那时年少

一张条案告诉我：有的人一见他，你就会自卑；有的人一见他，你就会自傲。陈乐民叔叔和他夫人资中筠阿姨，每每见到，都让我局促不安，宛若侏儒到了巨者面前。

村头的广告栏

——

　　说的原来，是指久远的四十年前，那时革命还像穿堂风样吹在这个国家的大街小巷。四十年前，我家住在村头斜错的一个十字路口，因着路口，又是乡下人赶集入镇的一径必途，因着那个路口，就总是透着乡村别致的繁乱和韵道，是村人们的一个饭场，也是一个会场。也因此，就在我家的山墙上抹下一片水泥，涂了黑漆，形如学校的一块黑板，让那儿成了一个村庄的通告和广告栏。

　　儿时的广告栏，多写着"抓革命，促生产，明天都到河滩砌坝去"，或者"大公无私，斗私批修，今晚在村口开大会"什么的。有了这样的通知，人们便端着饭碗，在那广告栏下瞅瞅，并无认真细致，也就席地而坐地吃了喝了，说了笑了，让日子如风样在那路口吹去吹来。

　　可是，到了二十世纪七十年代尾末的一天，那广告栏里写了这样八个拳大的字儿："承包到户，明天分地。"同样是有些枝蔓横生的粉笔字迹，同样是带着强烈社会意识的一道通知，可这八个字，被写在那广告栏时，黄昏的落日，粉红淡淡地晒在村口，晒在我家的山墙上，村人们端着一如往日的汤水饭碗，去在那广告栏下站了许久，说了许久，每个人的脸上，都带着这个国家给他们送来的兴奋，也还有他们从自己人生中总结出来的"东风西风"和"三十年河东，三十年河西"那种风风凉凉。

然而，说归说着，疑归疑着，当来日生产队长拿着皮尺，带着那时还叫社员的村人们，到河边与山坡上分地时，人们还是被某种失而复得所鼓舞，在田野上漫过来卷过去，把写有各家户主姓名的桩子和木片这儿插插，那儿砸砸，直到那些扛去的桩子、木片插完了，砸完了，地也分完了。时间早已过去午饭的钟点和景致，村里西去的日色，由冬日的黄亮转为润红时，人们才从山野上团团乱乱地走回来，说笑着，打闹着。回到村口后，那些饿着肚子的人，仿佛出门打了胜仗凯旋的士兵，他们散漫而自在，扬眉吐气而又无拘无束。在村口彼此分手时，有几个中年人和年轻人，不知是忘乎所以，还是有意地不管不顾，竟解开他的裤子，取出他的东西，在那广告栏下的路边，无羞无耻、松松散散地撒起尿来，且撒得天长地久、流水花开。

因为分地，人们错过了午饭，因此晚饭便提前了许多。那天的晚饭，人们在黄昏到来之前，竟都早早地端到了村口的饭场，端到了那黑板似的广告栏下。原来，那广告栏里写着"承包到户，明天分地"的一行字下，不知是谁又歪歪扭扭地捡起地上的粉笔，写了极不雅致的一句精锐："我×，竟是真的！"

就在这不够雅致的话下，人们不约而同地改善了自家的伙食，有的破例炒了肉菜，有的破例烙了油馍，还有的竟然杀了只鸡，把炖的鸡块端到饭场，让人们共食共餐。明明是为了某种庆贺，特意杀的宰的，却偏要说鸡不生蛋，只好杀了；明明是特意地如同过年，从床头的枕下取出了岁月中珍藏的油盐必需的费用，上街割下了一刀肥肉，却偏要说有亲戚来了，送来了一刀一秤的瘦肉。就在那村口的饭场，在那广告栏下，一村人吃得山呼海啸，说得天翻地覆，完全如那村里降下了一道吉祥的圣旨一样，和皇帝亲自到了村里一样，和一个村庄忽然成了一个国家，村人们要在那黄昏前进行一次乡村别味的开国大典一样。

后来，我当兵走了，家也搬了。

家也搬了，可每次探亲回家，我总会不自觉地路过那儿，有意无意地去注意那广告栏，见那广告栏上不是写着"计划生育是国计民策"，就是写着"要想富，先修路"，或者"电话通你家，声音走天下"，再或"大洋摩托，方便快捷"之类的广告词儿。时代变了，那词儿也被时代风吹雨淋，今天这个，明天那个，直到黑板似的水泥牌儿上，黑漆彻底剥落，连灰白的水泥墙壁也开始有一片一片的裂痕下脱，直至再也无法用粉笔在那栏里写字。以为那是曾经承载过一个又一个时代的广告栏使命的终结，剩下的事情，就是它用最后的生命，力所能及地承载着乡村人们不能行走正途的联络和小广告的张贴，比如写在白纸上的"某村新进配种公猪，猪种健康，收费低廉"，写在红纸上的"某村医生专检男孩女孩"等等，这样一些半真半假却又卓然有效的另一类广告。以为北方乡村的时代，和这个国家的许多事情一样，表面混乱，内里却有着它的必然；表面有序，内里却有着它乱心的芜杂。以为我家那面山墙上的广告栏，在经过了几十年的世事之后，它已经从一个又一个时代宏大的语境中脱退出来，完全成了民间的一块普通墙壁，成了乡村百姓可以视而不见，可以让它与生活有关无关的一块日常，如一日三餐之中，多了一粒大米或少了半根青菜样可有可无。

　　尤其是我家的老宅，经过了二十几年的闲置，早已临靠了房倒屋塌的景色，连那面原来平整直竖的山墙，也都有了许多欲倒未倒的破败。于是，今年春节回去过年，母亲说老宅老了，院墙都已倒塌，不如把它完全扒掉，以免有一天发生意外。这样，我就想起了我已经多年不再注意的那面山墙，想起了忘记多年的那个广告栏，也就在春节期间的某个上午，特意若无其事地去看了我家老宅，去看了那扇广告栏，看了老宅周围的邻人和树木，大门和路道，天色和空气。就发现老宅周围的邻人们，原来都住着土房草屋，现在多都住着瓦房楼屋；原来每家院里都有几树几木，一个院落如着一片林地，现在各家的院里都用水泥铺了，光洁空旷得和广场一样；原来那村口饭场的边上，汩汩地淌着一条小河，一年四季流水潺潺，水汽漫弥，现在那小河干了，河也没了，河道上被新宅的主人们盖起了一排新房，砖瓦石块那硫黄的味道，在天空和街道上漫舞飘荡。你去找那丢失的河道，仿佛走入了一条新建的多少让人迷向的城街城道。

　　我到我家那闲置的老宅墙下，先看看四处倒破的院墙，又看看每间屋子都入风透雨的瓦屋，最后到了仍还竖着的那面山墙之下，以为那墙上的广告栏，早应该彻底脱落，不复存在。可及至到了那儿，发现那广告栏，竟还仍旧在着，仍旧地破裂，也仍旧地平整完好，仍旧地贴着这样那样正途和邪道上的广告，比如"张医生帮你生男孩，电话6538×××"，比如"租用水晶棺材，请拨打1390379×××"等。就在这片老旧的广告栏里，广告的白纸红纸、草纸报纸，撕撕贴贴，贴贴撕撕，有着几片树叶的厚薄，在那片水泥墙上干裂翘动，风吹纸响，有一股灰白色霉腐的纸味和晒干后的糨糊味。然而，也就在这一片杂乱的广告中，有着一张不知谁刚刚粗粗野野横贴上去的红纸，尺高米长，上写"无论公树私树，谁再砍伐，我×他妈，男人不得好死，女人生个孩子没屁眼"。这是极致的污脏，也是极致的通告，在那一片乱杂的广告中显得卓尔不群，刺目醒神。我站在那儿看了一会儿，会心地一笑，闲散着走了。

回家，母亲问我老宅扒吗？我说墙都竖得结实，先不扒吧。

一辆邮电蓝的自行车

——

岁月是久远地去了，往事如河流上顺水而下的空荡荡的船只，而少年时的一些事情，则好像船头上突兀站立的找不到主人的鹰。我总是主动地去寻找它们，总是能首先看到一辆邮电蓝的自行车醒目地朝我驶来。它是那样破旧，不知道已在人生的路上转了多少命运的轮回，待我成为它年少的主人时，它轮胎上的牙痕都已磨平，铃铛上的光亮已经暗淡，锈斑像旧雨布一样在那上面披着挂着。车圈上倒还有不少亮光，可闸皮落脚的四个地方，却是四条狠狠擦去亮光的黑环，像车圈上四条永远抽着让它不停歇地转动的鞭子。

这是哥哥给我买的自行车。将近三十年之后，这辆自行车还在转着它的轮子，驮运着我的记忆，从遥远的地方孤零零地朝我驶来，如雨天里找不到父母的孩子。我想起那辆自行车，就想把手伸进记忆的尘灰中摸它、擦它、安抚它，宛若终于找到了自己丢失的弟弟、妹妹或者孩儿，要去拥抱一样。

那时候，二十七八年之前，我十六岁，读高中。学校在离我家八九里外的一座山下，一道河边。我每天一早在天色蒙蒙亮中起床出村，急急地沿着一条沙土马路朝学校奔去，午时在学校吃饭，天黑之前再赶回家里。读书是一件辛苦的事情。辛苦的不是读书本身，而是徒步地早出晚归，中午为了节俭，不在学校食堂买饭，而在校外的围墙下面，庄稼地边，用三块砖头架起锅灶烧饭煮汤。架锅抬柴烧饭的不光是我、我们，还有比我们更远的学生，他们离校十几里、二三十里，最远的五六十里。学校规定不让在校内起锅烧饭时，就都蹲在学校的四周，于是一片狼烟。那里，早中晚都是炊烟袅袅中夹有读书之声；读书的声音被炊烟熏得半青半黑。现在看来，似是诗意，然而在那时，却是一段岁月和一代乡下孩子的学业生涯。所以，每每在上学的路上、在烧饭的围墙下面，看到有骑自行车的同学从身边过去，看到他们可以骑车上学、下学，可以骑一辆车回家吃饭，像一个农民站在干旱的田头眼巴巴地望着大山那边落雨，羡慕是不消说的，而最重要的，是感到人生与命运的失落。仿佛，有一辆自行车骑着上学，就等于自己进了人世中的另一个阶层；仿佛，一辆自行车就是一个人的标码，是脱离贫穷与少年苦难的标志。

我对一辆自行车的渴望，犹如饥鸟对于落粒的寻找，犹如饿兽在荒野中沿着牛蹄羊痕的漫行。可我知道，自行车对于那时乡村百分之九十的农户是如何奢侈，尤其对于我家。连一棵未成材料的小树都要砍掉卖了买药的常年有着病人的家庭，想买自行车无异于想让枯树结果。我从没给家里人说过我对自行车的热求，但我开始自己挣钱存钱。我去山上挖地丁之类的中药材去卖；我开始不断向父母要上几毛钱说学校要干某某某用；我到附近的县水泥厂捡人家扔掉不用的旧水泥袋，捆起来送到镇上的废品收购站去……我用三个多月的课余时间存下了三十二元钱。我决定用这三十二元钱到县城买一辆旧自行车，哪怕是世界上最旧最破的自行车。从我家到县城是六十里路，坐车要六角钱。为了节约这六角钱，我在一个星期天以无尽的好话和保证为抵押，借了同学一辆自行车，迎着朝阳骑车子朝县城赶去。为了能够把买回的车子从县城弄回来，我又请了一位同学坐在借来的自行车的后座上。可就在我们一路上计划着买一辆什么样的旧车时，我们和迎面开来的一辆拖拉机撞在了一起。

我的手破了，白骨露在外面。同学的腿上血流不止。

拖拉机司机下来把我们俩骂得狗血喷头。

最重要的是，我借的自行车的后龙圈被撞叠在了一块儿，断了的车条像割过的麦茬儿。我和同学把自行车扛到镇上修理，换了一个新的车龙圈，换了二十几根车条，一共花去了二十八元钱。当手里的三十二元钱还剩下四元时，我再也不去想拥有一辆自行车的事情了。我老老实实上学，老老实实读书，老老实实早出晚归地步行在通往学校的路上。这样过了一个学期，在一个黄昏回到家里，忽然发现院落里停了一辆半旧的邮电蓝自行车，说是县邮电局有一批自行车退役，降价处理，哥哥就给我买了一辆，六十元钱。我知道哥哥那时作为邮电局的职工，每月只有二十一块六的工资，骑车往几十里外的山区送报时，几乎每天只吃两顿饭。可我还是为有了一辆自行车欣喜若狂，一夜没有睡觉，还居然在深夜偷偷地从床上起来，悄悄地把自行车推到街上，在村头骑了许久许久。不知道这辆邮电蓝自行车换过多少主人，为多少人家带去过福音，可从这一天起，它开始了我的、我们家的一段最难忘的岁月行程的轮回转动……

这辆邮电蓝的自行车，实在是伴随着我走过了命运中印痕最深的一段行程，它不仅让我骑着它有些得意地读了一年半的高中，而且高中肄业以后，让我每天骑着它到十里外的水坝子上当了两年小工；甚至，还让我骑着它到一百多里外的洛阳干活挣钱，以帮助家庭度过岁月中最为困难的一段漫长的光阴。

然而，最重要的似乎还不是这些，而是它满足了我少年虚荣的需要，使我感到了生活的美好，使我对生活充满了信心，感到一切艰辛都会在我的自行车车轮下被我碾过去；感到世界上没有什么大不了的事情，只要敢于抬起脚来，也就没有过不去的河，重要的是无论在什么时候、在什么景况下，都要敢于把脚抬起来。在那几年里，我总是把那辆自行车有锈的地方涂上机油，把有亮光的地方擦得一尘不染，把它收拾得利索舒适，借以抬高、加快自己人生的脚步。直到二十周岁我当兵离家以后，家里因为总有病人，急需用钱时又把这车以六十元的价格卖给了别人。

现在，二十多年后的今天，那辆邮电蓝的自行车已不知身在何处。也许，它已不在人世，早已化为泥灰。可我在当兵的第二年回到家里时，在镇街上见到过它。它的主人是位乡下的汉子，赶完集后，骑着它从我面前经过，后架上驮着一头上百斤重的活猪——我知道，它又在驮着一家农户的日子。我一直望着那辆已经力不从心的邮电蓝的自行车从我面前摇摇摆摆地驶远消失，想我怕永远也见不到这辆邮电蓝的车子了。也竟果然，再也没有见过。如今，每年回家走在镇街上，我都忍不住要四处寻找张望。

葡萄与葫芦

——

租下了一处有院落的房子住。

院落栅栏的大门前，人一近来，门口的松木葡萄架就落落大方地用它的松香朝你迎接过来了——葡萄架上结满了葫芦——这北方特有却罕见的迎客方式，让任何一个到来的客人，都感愕然与惊喜。

四株新栽腕粗的葡萄树，以它的矜持和慵懒，表示着对把它从一块肥地苗圃卖到这儿移栽的不满与对抗，也是一种背井离乡的愁思吧，显示着它可以有绿叶生出，就对得起了你让它移民他地的思绪与情绪。若还想让它在一两年的时间里就藤蔓满棚，挂满成串的葡萄，它是决然不会答应的。

葫芦则不是那样注重自己的身价与对故地那种不可分离的眷恋。给它水，给它通风和阳光，一周后种子就乖孩子样从睡梦中醒来，蹦蹦跳跳了。尽管是把它种在葡萄树的树坑里，可它没有寄人篱下的感觉，一吐出嫩芽和绿叶，就开始反宾为主，在葡萄树坑里，借着葡萄树的身子，自己一日几寸、一日几寸地朝着高处爬，而且是枝蔓横生，越生越旺，越旺越生。只消一个月，一株葫芦藤会生出十余枝藤秧来。又一个月后，它就都爬到了葡萄架的顶格网棚上。并不需要你施肥，只要你每三天不要忘记给它浇次水，它就心满意足地把它碧绿含乌的大叶铺在了棚架上。

接着，五月到来了。六月跟在五月的后边，踩着五月的脚跟儿，两株葫芦从南北双向朝着架子中央扩展和抢夺地盘。风和阳光在半空总是对葫芦的秧叶有着特别的情感和交易，它们对半空的植物们，从来没有小气吝啬过。而葫芦秧也对阳光和风的慷慨还以风生水起、活色生香的疯长和回报。

某一天，某一天的深夜里，没有人听到葫芦与月光有什么密议和商谈，但在来日月光未尽、太阳渐渐生辉的交错中，你看到葫芦秧在它的顶部开花了。透亮的黄花，喇叭样吹在天空间。不一样的地方，是有的花口向天空，而有的花却身在天空，花的嘴口朝着下。接下去，三朝五日间，有手指似的青皮葫芦从那花处结出来，并且一出来，就有了一端均细、一端鼓粗的葫芦雏形儿。且这些雏形葫芦不是一个一个出生的，而是集中在某几口，一生一批，像小猪崽样一窝七八只、十几只。

它们出生后，那些金色的葫芦花就该谢落了，先是萎缩在葫芦头儿上，后就干枯在那一片绿叶中，再就借着一阵风雨的吹袭，枯萎着落在地面上，散发着一股令人伤感的霉枯气。为了表示自己的到来催老、催落了葫芦花青春的歉疚，这时的小葫芦用整整一个月的沉默和凝结，几乎是拒绝着长大与成熟，让你担心盛夏已经到来，它们在棚架上竖着垂挂着，还都是大拇指的模样儿，这如何还有时间成长为人头似的大葫芦？

担心时季与葫芦的不足。

担心葫芦种子中的陷阱。

担心葫芦迟迟地凝结着不育不长，是对主人只给它水分不予施肥的抵抗与报复。

可终于，在还未及给葫芦补偿一些肥料时，我同西班牙的朋友去了两天承德。也就两天两夜的分别，回到门口的棚架下，突然到来的目瞪和口呆，让你无论如何不知道在你走后的两天内，葫芦发生了怎样的巨变和震耳发聩的动荡与声响。就在两天的时间里，原来大拇指或小灯泡似的葫芦们，忽忽然然间，叮叮咣咣成熟了，居然个个都长大到了人的头颅样。你无法相信，原来小葫芦凝止不长，是为了等你离开两天后，突然间要爆炸着长大成熟的，要在你不在时，回馈你一个目瞪口呆的喜悦和植物生长的巨大的谜。

一片儿，十八个，全都垂在葡萄架下边，垂得那些藤秧都不得不朝半空扯着和挂着。为了弄清葫芦突然间爆炸生长，而不是日渐长成的秘密，我在一天的半夜两点多钟起床，猫在葡萄（葫芦）棚架下，偷听那葫芦生长的声响，终于就在那月光中听到了大葫芦和葫芦叶争夺水养的吵闹声和最后叶子妥协谦让地把水养暂借给葫芦的应答声，听见葫芦在月光中抖擞着身子要把自己变成人头大的得意，还看见水养沿着藤秧从地下向空中输送的细微密集的蔚蓝的渠道。直到月光落去时，这些声响和物形，都在暗淡中变为一团泥浆的沉默和模糊。

到了十月，所有的葫芦都成熟干白了，沉重地悬在半空里，让所有路人的目光，都在它们身上停滞和惊叹。十一月，我把十几个大葫芦剪摘下来，摆在客厅，如摆在硕大葫芦的展览厅，等待着周末朋友和客人的到来，由他们对大葫芦溢美地颂赞和挑选，以带回自家里挂在墙上装饰和显摆。

　　当然，我不会忘记把形象最为周正、个头也最为魁梧的两只葫芦提前藏起来，等待它们自然风干后，明年开春为了庭院门口的葡萄架而从中取出它们的种子。然而，在下年春天我准备在葡萄树的树坑里继续下种葫芦时，却发现刚刚初春，别家他户的葡萄树都还杆枯枝裂着，而我家的葡萄树就早早发芽了。而且那嫩芽的星星点点间，枝干上有一股光滑的水润挂着、沾染着。这一年，我没有再在葡萄的树坑中种葫芦。因为这一年葡萄树如上一年葫芦那样疯生野长，仅一年时间，它就爬满棚架结满葡萄了。所有路过我家门前的人，看着那满架的珍珠大的葡萄，都惊奇我家的葡萄树为何可以长得那么快。人家的一般都要三四年才可以爬满架子结葡萄，而我家的只需要不到两季的时间就够了。

镇上的银行

————

　　时日复复地走着，物象也复复地变着，我儿时记忆的故乡，虽在世事中变得缓慢，但总算没有被这巨变着的世界，在不经意中扔至世外。原来村中沙土的大街，现在成了水泥的路面；原来土坯的草舍瓦堂，虽没有江浙水乡那样楼墅的变化，但也隔三错五地有两层红楼点缀在村里，如同冬日质朴的原野上，偶尔开出的几朵土色的花儿，不算艳丽，也总还算奢侈的花儿。在那村里，所谓复复地变着，其实是说，原来老街上各类店铺中的药房、饭店、邮局、商场，一切集日里必需的买卖场所，都从村里搬到了村庄外的一条街上。

　　那条新街，是一条宽敞的公路，一街两岸上的紊乱、繁华，恰是时代在北方乡村的写照。而当年逢五遇十招来四乡百姓的熙攘街道，则被寂寞地扔在村中的原处，像一条被遗弃的旧皮带，无奈地半卷半展在那有了千年的村庄之间，被稀落的人影踩着，与那老旧的瓦屋做着年老的旅伴，只有总是卧在街边的狗和在老街上咕咕叫着的鸡群，没有显出半点对它唾弃的意味。

还有，就是老街上不知为何没有搬走的那家银行——那家银行，在那里坐落了四十个年头，早先的名字是叫信用社的，后来不知哪天就改叫了银行。如同村里的某个孩子，谁都知道他的名字是叫小狗，可有一天他却有了大名，有了学号，叫了"爱军"或者"爱华"一样。而它，就叫了银行。叫了也就叫了，其实并无变化，村里人知道那叫了爱军或爱华的人，也还是当年叫着小狗的那个孩娃。那叫了银行的它，也还是叫过信用社的三间房子。变了却也没变，没变却也变着。

十几岁时，我曾经去那银行玩耍。一街两行卧着的土坯房子，都在努力散着它的灰土气息，宛若马队从田野上飞过之后，使土味尘味有了沸腾的机缘。倒是银行那三间青砖到顶的瓦屋，在街上显得沉静、庄严，虽然有些傲慢，但也不失大家闺秀的范貌。它鹤立在街的中央，散发着只有新砖新瓦才独有的硫黄的香味。那三间瓦屋，两边住人，中间营业，砖砌了柜台，台面用水泥（那时还叫洋灰）抹得锃光瓦亮。而且，在那柜台面上，还竖了一排钢筋栅栏，通向屋顶，这就显出了它的威严、神秘和令人仰之的金贵的富有。我去玩耍的时候，是看那银行的地上铺了青砖，正可以在那地上弹那玻璃球儿。也就在那儿弹了。滚来滚去，玻璃球落在砖地的声音，和人家的琴棒落在弦上一样。营业柜里那个织毛衣的姑娘似的媳妇，那时她已经有了身孕，脸是红色的，挺着肚子，双手在织针和毛线上忙来忙去。她听见了我的声音，从那栅栏里探头看看，宽容地并没有说句什么，就又坐回了去。我也就继续在那砖地玩着，弹着的玻璃球儿，让发光的透明在那里滚来滚去，还引来了许多别的孩子。

后来常去。

再后来，我就不知为啥不再去了。

　　将近三十年以后，我已经从一个弹玻璃球儿的孩子到了中年，我家住着的那个有几千口人的村庄，因当年是公社机关所在地，现在就是了乡政府所在地；人口也从不到四千，翻番到了可统计的七千有余。所以，乡又被改为镇时，村就成了镇子。可是银行，却还是那个银行，如许多地方的县被改了市后，街道还是那街道，只是县长叫了市长。

　　几年之前，我同母亲去那银行存钱——几千块钱，放在家里母亲不安，说存到银行安全，还能生息，也就陪同母亲去了。乘着中午的日暖，踩着换成了水泥路面的街道，走进那原是铁皮红门的营业厅里，才看见银行也还有着变化。早先我打玻璃弹子的砖地，成了花白的水磨石地面；早先水泥面子的柜台，已经镶了粉红的瓷砖；还有那两三寸宽的钢筋栅栏，也都喷了银漆。我们去时，还有漆香在那营业厅里徐徐地飘着散飞。还有一个变化，就是当年打着毛衣守着营业的女人，那时已经不在。柜台里坐着的是一个看着小说的小伙，他年轻、斯文，二十几岁，戴了一副红边眼镜；我们办完存款手续，他还对我和母亲说了一声"谢谢，欢迎再来"。

　　从银行出来，日光变得有些刺眼。

　　今年回家，看那银行已经扒了。说不知为何，上边把它撤了。也就扒了房子，废墟处的砖瓦上，有鸡、狗动着卧着。有麻雀就站在一条花狗的背上尖叫。阳光明亮亮地照着它们，像照着一片在风中翻动的银行的史页。废墟给鸡、狗营造的快乐，仿佛是一笔利息给它们建下的一片乐园。

尘　照

——

　　二〇〇八年十月三十日，午时一点二十分，我躺在客厅沙发上打盹，睡浅梦稀，放在身边茶几上的手机突然响起，起身回应，见是一个陌生号码，犹豫着接了，听出是三十年前一同参军入伍的乡村战友从老家打来的遥遥长途。因为有一战友孩子结婚，大家相聚共贺，酒到酣处，想起当年军营往事，念那战友连科，便有我邻街战友用他的手机拨通我的电话，大家十一二人，都在那端轮流和我说话，问我身体，问我写作，约定了下次回去，大家相邀小宴，见面说话，叙旧忆情。

　　关掉手机，心中恍惚伤感，感叹三十年的水流光阴，犹如悠忽之间，不觉悲从心来，心里仿佛冰水浸染，一丝凉意，源自心头，沿着身后背脊，发冷地漫射到身体的各个部位。瞌睡没了，呆坐一会儿，去抽屉翻出旧的相册，看三十年前自己入伍时的尘照，看与那些战友的青春合影，竟发现每张尘照不仅发黄发脆，而且并无折损，可每一张中却都有地图般的开裂痕迹，且那裂痕浅白，线条明晰，完全是国画中的线条白描，宛若著名的原在河南三门峡黄河岸边，后因水库设建搬迁至山西境内的永乐宫墙壁上的泥土壁画。也就一张张地细看琢磨，发现我站在一架大炮下的尘照上，头顶那硕大的炮管上长出许多小草，还有一窝正在生蛋的小鸟，而那黑洞洞的炮口，开出一朵美艳的红花。一张我和两个同连战友在一次拉练训练中与一辆坦克的合影，本来我们三个都是全副武装，腰插手枪，有些伴装的威武，可那白描线条，却把我推到了坦克远处，而另外两个战友，一个在坦克上扶犁耕地，一个在田头蹲着抽烟。

更为奇的，是那张十二时的退伍合影，大家二十几人，都穿着最后的军衣，笔挺地站在军营里的一排松树前边。可三十年之后，大家所有的摄影人像，都在那照片上褪尽消失，使那照片只还剩下旧的脆纸和模糊的两棵老树。且那原有的军营松树，也成了两棵柿树、梨树。树上的夏梨秋柿，果实累累，满枝沉重，而原来树下站人合影的地方，完全是一幅水墨农田，有水牛稻耕，有童笛牧吹，还有一方谷场，正有男女老少在那谷场上脱谷晒粒，迎着炎阳，把不穿的衣服挂在场边的树上，或随手扔在谷场一边。

我对着照片愕然半晌。

似乎有话要说，忙又拿起手机，在通话记录的栏目中找到刚才接到的那个电话号码，反拨回去，接电话的是个乡村少女，满嘴都是我老家土香土甜的口音。我问她这是不是某某某的电话，她说是呀，某某某正是她爸。我说你爸在吗？请你爸接个电话。她说她爸三天前去替镇上的武装部训练民兵去了，手机忘在了家里。我说是不是你爸的战友某某某家的孩子今天结婚，你爸的战友们都在那儿喝酒？她说结啥婚哟，人家的孩娃体检合格，马上就要应征入伍去了；并说她爸的战友们也都忙着日子和挣钱，几年没有在一块儿聚着见了。

我便愈发愕疑。

断了通话，望着手机的方形铁体，木然一会儿，推开屋窗，看见我家楼下对面马路边的某军营大门，士兵们正在正步挺进着换哨，着装严整，长枪胸挎，也便对事情经过渐渐有了些觉悟。夜中思想，更是觉悟难当，便在次日记之，再将那些尘照细加整理，高阁收之。

楼道繁华

发现楼道是向着实在繁华进取时，我有些惊异于我的发现和暗窃窃的笑。楼共六层，我家住五层。十年来的进进出出，把我从准青年拖到了正中年。人在眨眼间钙化老去时，原来那幢风光向好、南北通透、人见人爱的家属楼，也显出陈旧衰相了。起初，家家门前整洁齐毕的过道，不知从何时多成了人们的杂物间。起初，楼梯上日日帚过水洗、亮如容镜，现在，几乎每层、每天都有烟头和宠物的尿水了。岁月酷烈，楼道美貌的失去，一如少女在岁月中的高速衰败。三、四、五楼楼梯拐弯处的空当，永远都堆着各户归己码放的礼品盒，纸的、木的、金属铁皮的。有的是水果的包装，有的是电器的外箱，还有的是制作精美豪华的箱盒与架木。这儿堆不下时，人们就堆到自家门前边。无论谁人，从这楼道走过去，就像走过整洁美貌的垃圾场，虽然拥堵，却也是有意无意的一种摆设和装饰。因为，那些师、局家的门前，堆的多是茅台酒箱和冬虫夏草的纸箱子；而二楼那处长家的门前，常是一些茶叶盒与烟箱子；那户出版社编辑的门前边，又常是一些旧报和杂志。这门前的摆放，其实也正是各户人家私密外泄的窗口和展台。

还有一户年轻人，原是住着父房在这儿成婚的。他家门前的变化，与时俱进，是一段妙绝实在的社会发展史。那小伙是国企的一般职员时，他家门前锃光发亮、洁净如洗，宛若他新妻纯净的脸。后来他做国企的股长了，那门前常会有些装大葱和铁棍山药的纸盒子。再后来，他当科长了，那门前就常堆一些新加坡和中国台湾地区水果的纸箱子。又后来，他做了国企的技术副处长，那门前就和别家一样堆满了五粮液的纸箱和装过虫草、鹿茸以及一些别的高档礼品的盒子。

还发现，楼下一家局长退休了，门前原来的繁华箱盒变得冷清而寂寥，有几次那局长上楼梯时就顺手把别家门前堆的茅台的箱盒提到自家门前堆在空地上，像摘来了许多钻石镶在了自家门前般。总之，楼道里早就不再新容整洁、山清水秀了。然而，虽年年月月都堆放着各种纸箱废物，却也是这楼道发展向上、欣欣向荣的写照和篇章。至于大家出门进门、上楼下楼那拥堵落脚的不便，也是发展中必须付出的代价和牺牲。

我家门前总是没什么摆，其冷清空落一如洁净的不毛之地。因此，对面的书记家就不断因地制宜，把从他家腾空的礼品箱盒堆到我家门前边。妻子为此苦恼抱怨，常骂这楼道住户的公共素质差，又期盼也可以从我家每隔几天就清理出一批礼箱礼盒，把他们占据的楼道失地收回来。只可惜，她的这种愿望如渴望自己中年的岁龄回到青年样。期望一个小说家的门前物华丰满，正如期望堆满鹅卵石的空谷长出灵芝来。

这个楼道并不会如书桌、书架样属于我，但它是楼下收破烂那老人福祉的奶与蜜。

从这楼道里搬走成了我妻子、儿子的愿望和念想，虽然一时无法实现，每日挂在嘴上的心愿却是轻易和有些美意的。被他们说得多了，烦了躁了乱了，有一天我果敢采取了行动和举措，在各户人家都上班安静时，我把收破烂的叫进来，把楼道所有的纸盒、纸箱、报纸和废物全都清理卖掉，而后把各家卖废物的钱都分开装在各个信封里，塞进各家的门缝中，把那个空亮洁净的楼道重又还给了楼道、脚步和居者的眼。我每三天、五天这样做一次。每次这样做完，都像把自己写的文章又修改誊抄了一遍样，直到今年春节，我过年从老家回来，把堆满楼道的箱盒又全部清理卖掉，把那每户十几、几十元的钱分别塞到各家门里后，不久我家门缝也忽然有了两张字条塞进来。一张字条上写着："老阎，你是最好、最好的党员啊！"另一张上写着："阎先生，看你写小说也是一个可怜的人，以后把我家卖废物的钱就当作你的稿费吧！"

这一天，我决定以后不再这样勤洁去做了。同时，也期望可以早日搬离这幢楼、这洞楼道了。

条案之痛

————

　　一张条案告诉我：有的人一见他，你就会自卑；有的人一见他，你就会自傲。陈乐民叔叔和他夫人资中筠阿姨，每每见到，都让我局促不安，宛若侏儒到了巨者面前。

　　称他们叔叔阿姨，知我有些攀亲附高，可和他们的女儿陈丰友情笃甚，又觉称其先生老师，似乎远疏散淡，也就长期这样攀着叫了。究竟起来，我应该算是陈丰的一个作者。她居法国生活二十年，在那儿博士毕业之后，就留在巴黎繁忙，其工作之一项，是把中国文学介绍给法国读者。在法攻读期间，由她介绍翻译的中国作家陆文夫的《美食家》，至今过去了十七八年，还在法国长销。王安忆的《长恨歌》是中国小说语言最为考究的一部大制，由她介绍打理，也在法国成为一部经典译著。还有苏童、王刚、毕飞宇等，一大批知名和不知名的中国作家，都经她的推介努力，在法国有了自己的一片天下。我在法国译介的所有小说与散文，也都是她努力和坚持的一种结局。缘于彼此对文学的同道，终于成了可以递心坦诚的朋友，也就有机会到她家里充作客人，见到我仰慕已久的学者和翻译家资中筠阿姨。资阿姨的学识与气度，常常对我有一种震慑之功，每次和她相处——尽管她总是和善地微笑，都让我觉得在她的善良与笑容中，有着正气之凛然，反倒比那种被权势支撑的威严，更有某种力量和征服感。而对于陈乐民叔叔，并未那么具体熟悉，只是知他原是中国社科院的欧洲专家，英语、法语都极为精练，关于欧洲政治、外交、文化的著作，洋洋海海，有十几卷；多年前他所演讲集成的《欧洲文明十五讲》，至今还是北京大学和其他高校研欧学子的必备教材。还有，就是他在他家狭窄的客厅里，坐在轮椅上，瘦削、洁净、沉稳的面容，总让人觉得，命运把一个思想奔放的人，固定在了牢笼般的空间里，似乎把一个可以在世界图书馆中奔跑跳跃的健将，锯去双腿后，让他只能流血低蹲在某个书架下或者书堆边。

第一次见他时，他的病已经相当严重，必须每周两次频繁往复于医院透析。这样十年之后，仿佛一个乐观于生命的老人，每三天一次，去上帝那儿求得一些吝啬的日月，借以看居室的窗口和阳台上的日出日落，好和书籍、笔墨交流对话。史铁生也是这样的生活——在透析中思考生命与存在。和史铁生相处交流，让人感到生命的沉重和虚无。而陈叔叔在透析中和透析后，似乎思考得更多的不是生命，而是世界。史铁生思考生命的世界，陈叔叔思考世界的生命。孰重孰轻，孰多孰少，仿佛生硬地比论石头和树，谁长得更好，更为有用一样。他们的差别是：一个是作家，一个是学者；一个是中年人，一个是年近八十的翁老。

有一次，我陪陈叔叔去医院透析，扶他上车、下车间，他望着北京崇文门那儿的楼厦变化，脸上平静淡然，仿佛望着一隅失落的世界，说了一句悠长平静的话："变化这么快，难说是好事坏事。"他的语调轻缓，近于自语，但他的语句，让人体会到他对世事和世界绵长的担忧。也就是那次透析时，我与资阿姨约好，等大家合适时候，一道去通州的高碑店一趟，为陈叔叔买一张他满意的条案书桌。

因为，他们终于搬了家。

终于，在去年夏天，陈丰从法国回来，快刀斩乱麻地用半个月的时间，把她家两三处的碎房兑换成了一套大舍。所谓的大舍，只是那些小套的集中，有四间卧室，一个大厅。并不知七十多岁的资阿姨是如何在装修中跑跑买买的，只知在装修之后，这位本就瘦弱的前辈老人，又整整瘦去了十斤。然无论如何，这对中国最为硬骨气节的知识分子，终于有了相对宽敞的住处，有了他们各自的书房。书房对于普通的读书人，似与土地之于农民一样。而书房对于他们夫妇，则似危急中的空气、水和最无言的呼叫。他们一生研究、著述、翻译，家里却从来没有过宽敞高大的书架；一生思考这个世界的境遇，却永远都在拥挤屈身的斗室之间。仿佛中国的知识分子，缘于本性是要对世事、世界的自由表达，就不该配有书房、书桌和书架一样。现在，他们各自有了自己的书房——尽管都和自己的卧室同为一屋，但毕竟都有了自己读书、写作的一个落处，有了各自思考的一个空间。尤其那个三十平米左右的客厅，虽然摆上餐桌、沙发和一排书架之后，并未显得宽敞到天南地北，但在那客厅，已难离轮椅的陈叔叔，却也有了一条轮椅的径道。大家为这一处新居高兴，为书架、多宝格、电视柜摆在哪儿更为节余空间并恰如其分而再三商磋讨论，并为可以满足各自一生并未显得不可或缺，却一生都挂在心上的某种基本的愿念而感谢世界。

资阿姨把她那总是处于角落的旧钢琴处理，加价换了一架新的钢琴。陈叔叔希望能有一张宽敞的写字台，让他摆上同生命一样珍贵的笔墨纸砚。而且对这写字台的要求，不是老板桌的现代式样，而是那种带有传统古旧气息的书桌样貌。

这样，我们就相约在陈叔叔头天透析后的来日，去了趟高碑店的仿旧家具街。

时候是去年十月，阳光和静温煦，秋时的景色淡在那条街上。偶或街边的柳树上，挂着黄绿和跳动的雀叫。一家挨一家仿旧的家具店铺，似乎把时光拉回到了明清时期。我知道，陈叔叔是非常"西化"的学者，对欧洲文化之通达，宛若一个人熟悉自己的指纹条理。甚至吃西餐、喝咖啡、听西洋音乐，他都会视为久离故乡的人吃到了自己久违的家乡饭菜。可那天在明清古旧家具街上走转时，他的神情一直兴奋光彩，步履轻便，仿佛一个完全健康的老人。我们看书架，看书桌，算计新居空间的尺寸和家具大小的搭配吻合。整整在那条街上逛有两三个小时，虽然最后终因他卧室的空间有限，没有买到恰如其分的书桌，但把理想压缩之后，还是看上了几张可以取而代之的条案。且最为重要的，不仅是条案桌子，而且还有资阿姨望着陈叔叔不常有的轻便脚步，有些激动地说道："他已经好多年没有这样兴奋过了，好多年没有到外边走过这么多的路了。"

那一天，我在陈叔叔的身后，就像一个不会写作业的孩子，跟在一个并不教小学的大学者的后边，虽不敢多问一句有关学问的问题，却体会了一个西学甚好的老人，为什么又那么热爱传统，通达国学；为什么爱喝咖啡又酷爱书法、绘画，可以把自己的余生，放到国学及书法和国画上去。"治西学者不谙国学，则飘浮无根；治国学而不懂西学，则眼界不开。"这样对东西方文化的认识，怕是只有他这样东西通达的人，才能感悟和体味得到，才能写出《文心文事》《学海岸边》和

《临窗碎墨》等那些以西见认识中国，以国学感悟世界的真正有文化、厚重的书籍，而如我这样号称作家，有一大堆故事、文字的人，在他和他的学识与对中国与世界的见解面前，也只有羞愧和沉默则更为得当。

然而，就是那次陪他去了高碑店的旧街之后，回到家里，因为停电，他又爬了十层楼的台阶。从此，他的双腿很快变得软弱无力，似乎连呼吸的力气也都耗尽去了。慌慌地住进医院，让体力、心力得到了一些恢复。为了让他从医院出来，在新居家里看到新舍、新置，也看到他心仪的那张条案，资阿姨在往返家与医院的空隙，把看上的书架、饭桌等旧式家具，都尽快地运回摆好。自然，为了迎接他出院的喜悦，我们特意地再次去了高碑店的那条旧街，把反复看过的那张棕色栗木条案，不由贵贱纷说地买将回去，让它在陈叔叔的卧室一侧，得体安静地立着等待最需要它的人从医院回来，在它光滑暗亮的案面上写字、绘画，记下他对中国和世界的比较与思考。

然而，条案如期所愿地摆在了那儿，它的主人——那位最需要它的学者，却再也没有从医院走出来。他既没有在那条案上摆下砚台，握着毛笔，写一个书法汉字，也没有在那条案上铺开宣纸，创作一草半鸟，一隅诗界画世，更没有在那儿写出一篇他满腹中西经纶的思考文章。甚至说，他因为很快住进重症监护室里，就是亲人也不能接触言语，结果是，他连他生前终于拥有了一张期待的条案也不曾知道。

去年的十二月二十七日，陈叔叔默然地去了。

现在，在他生命的最后，在终于拥有的那张可以书写、绘画的条案上，摆了他的遗像、骨灰和笔墨。一个少有的西学的专家，永远地和中国传统的条案相厮相守在了一起。他们每天都在以他们的清寂交流、对谈着各自的命运和对西方、东方的认识与理解，思考着一个民族在世界中的扩展与扭曲，现实与未来。而留在条案上和条案周围空白、清寂的疼痛，则每天每时都在言说、记录着一代知识分子对世界认识、表达的渴望和无奈。

《红楼梦》

—

终于，进入了二十世纪七十年代。

我和许多同学一道，以通背规定的《毛主席语录》《毛主席诗词》和老的"三篇"之优异成绩，顺顺利利地升了中学。很快，在我的中学时代，革命形势在沸腾的安静中有了慷慨的变化。并不知道，这一年初中的升级考试，不再是以背诵毛主席的文章、诗词为评判模式，终于，学校又有了考试制度。就像遇了春天必会有雨样，升级又有了必需的考试。可必须考试时，不知为何，我已经不再有那种超越一分之差的奋斗之力，只是痴迷于阅读那时能够找到的革命小说，如《金光大道》《艳阳天》《野火春风斗古城》《青春之歌》，还有《烈火金钢》和《林海雪原》等。我不知道这些小说属于"红色经典"，以为那时的世界和中国，原本就只有这些小说，小说也原本就只是这样。如同牛马不知道料比草好、奶比水好，以为世界上最好吃的，原本也就是草和麦秸了。不知道，在这些作品之外，还有所谓的鲁、郭、茅和巴、老、曹，还有什么外国文学和世界名著，还有更为经典的曹雪芹和他的《红楼梦》。

不知道，曹雪芹是个男的，还是女的。

在我看来，乡村和城市，永远是一种剥离。城市是乡村的向往，乡村是城市的鸡肋和营养。在那个年代，我的家乡很幸运是方圆几十里的一个集市中心。乡下人向往我家的那个集市；我们村人，向往着三十里外的一个县城；城里的人，向往着百里之外的古都洛阳。所以，在那年代，我知足于一种幸运：父母把我生在了那个叫田湖的村庄，比生在更为偏远的山区要好许多。我能看到的小说，在那更为偏远的山区，将会更为稀少和罕见。那个我有两个姐姐和一个哥哥的家庭，虽然充满着无边的贫穷，却又充满着无边富裕的恩爱。父亲的勤劳和忍耐，给他的子女们树立着人生的榜样；母亲的节俭、贤能和终日不停歇的忙碌，让我们兄弟姐妹过早地感受到了一种人生的艰辛和生命的世俗而美好。这成了我一生的巨大财富，也是我写作时用之不竭的情感的库房。

那个时候，大姐身体不好，以今天的医诊，可能是所谓的无菌性腰椎股骨头坏死，不青不红，却又不断地发作一种无缘由的疼痛。她由此而辍学，多数时间都躺在屋里床上，为了挨日度月，消磨时光，就总是看些那时在乡村可以找到的小说，看那种在那个年代的乡村能够找到的所有的印刷品。这样，大姐的床头就成了我人生中的第一个图书馆。她看什么，我看什么。她有什么书籍，我自然就有了什么书籍。

想到因为大姐生病，她的床头才成了我人生的第一个图书的藏馆，对大姐的感恩，那种无可比拟的姐弟情谊，就会以潮润的形式，湿润在我的眼角。这在他人看来，似乎有些矫情，可在我确是天正地正的真实。因为这些最早的革命文学，填补了我少年心灵的空白，对小说的痴迷，让我不再对学校同学中那些身份地位、学习长相、言辞行为的迥

异和我们之间那些所谓的城乡之差，存下因为嫉恨与羡慕而长久蓄生的
自卑与烦乱。

我变得心怀开阔，有了胸襟。胸襟的开阔使我在初中进行试卷考
试时，即使分数不是很好，也并不十分放在心上。因为小说，让我变得
似乎完全忘了和谁有过一分之差的那种遗憾。而那些革命小说中的故
事，却又常常让我念念不忘，愁肠结心。初一时候，还是初二之时，我
终于听说中国有部大本小说，名为《红楼梦》，又叫《石头记》，和
《三国演义》《水浒传》《西游记》合称为中国的四大名著。并且，
《红楼梦》是名冠这四大名著之首的。其他三部，因为大姐的床头有，
我都也已看过，只是这部，不知为何，大姐的床头却总是没有。问过村
里会写对联的文人，说你家有《红楼梦》吗？那些文人都惊异着看我，
像我的问话里隐藏着一个少年心欲的不安。然而，他们的那种眼神，反
而使我更加急切地渴望此书。也就终于在某一天里，同班有一姓靳的男
生，哥哥是空军的飞行人员，他告诉我说，《红楼梦》那书，因为毛主
席爱看，别人才很难看到。因为毛主席爱看，省长、军长以上的高级干
部，也才能各自分配一套。

我对这话将信将疑。

他说他哥来信，言称有高级干部给了他哥一套，说他哥看完将从
邮局寄回，可以悄悄借我一看。

我为此惊诧，比他更为担心邮途的丢失。

也就终日地等着等着，直等到下一学期，已经早忘了此事，他却
在某一天里，从书包里取出一本报纸裹了几层的神秘，把我拉到一边塞
进了我的手里。我欲打开看时，竟吓了他一个满脸惨白。于是，我忙又
合上，藏进我的书包，躲进厕所，到没人时候才打开那本神秘，见是一

本书。果然，浅白的封皮上，赫然印着"红楼梦"三个大字。而在那小说的封底，果真印着"供内部阅读"五个小字。当时不知为何，我喜出望外，又战战兢兢；满头大汗，却又双手哆嗦，慌忙地把那小说快速地重又裹好，急急地藏进了我的书包。

那个下午的课堂上，我没有听进老师讲的任何词语，一心想着那本"红楼之梦"，就像一心想着我一生想要见的我最钟爱的一个情人。

那个暑假，为了挣钱，为了给大姐治病，我同二姐起早贪黑，到十几里外的一条山沟，用板车往建扎在我们村的县水泥厂里运送料石；给修公路的承包队，从河滩上运送鸡蛋大小的鹅卵石子；给盖房子的村街上的商业部门，运送地基石头。白天无休止地汗流浃背，气喘吁吁，人累得如同多病的牛马。可在晚上，看《红楼梦》小说，却能醉醉痴痴，直至天亮。看到黛玉葬花、黛玉之死和宝玉出家，常是泪流满面，唏嘘感叹。

然而，因为痴于阅读，我早已忘了我有些荒废的学业。

然而，偏巧那年，由初中晋升高中时，却又要由分数定夺命运。那些年月，我对阅读小说过分迷恋，而对人生，也因此变得有些迷惘。想横竖反正，我的命运就是同父母一样种地，不得不作于日出，息于日落；因此，并不相信你考取高中就可以不再羞于人生，耕田种地，可以让你变为不是农民的城里人了。也就无所进取，随遇而安，陪着同学们如同打哄看戏一样，参加了那年的升学考试。其时的结果，录取中的政策规定是，凡持城镇户口的同学，必须百分之百地予以录取，而对农村户口的学生，既要看考试分数，还要看大队和学校的共同推荐。就分数而言，二姐的分数远高于我；就推荐而言，我姐弟二人，就只能有一人可读高中。

话是午饭时候父亲从门外带进家的。那是夏天，知了的叫声，在树枝上做张做致，泼烦泼乱，又果实累累，叫得密不透风。父亲坐在我家的院里，说了我和二姐只有一人可以上学读书的境况后，他看着我和二姐，有些为难又有些犹豫踌躇地说，家里的情况，你们也都明白，人多嘴多，谁都必须吃饭，又要给你们大姐看病；这样，也是确实需要你们有一个留在家里种地，挣些工分。父亲说完，我和二姐在那个时候都端着饭碗，僵在父亲面前，谁都没有说话。有一瞬间，时间生硬，再也不会如水样细软地流动。命运在那时冰明水亮地冷在了我和二姐之间，就像时间成了石块冰坨，无形地砌压在了我家的院内。就这样过了许久，许久许久，母亲从灶房端着饭碗出来，说，都吃饭吧——吃完了饭，再说这事。

也就各自吃饭去了。

忘记了二姐是端碗进了屋里，还是端碗去了别处。而我，端着用红薯叶子煮了红薯面条的一碗黑色粗饭，到了门外的一棵树下。树下空无他人。而我在那片空无里，却是无论如何也无心食咽那碗汤饭。也就在这个时候，在所谓人生的十字路口上，在我正为上学还是不上迷惘时，下乡到我们村里的一个知青，男，穿着蓝色制服，三七分头，高个儿，款款地从村街上走过，还和熟人点头说话。说话的顺序，是村人恭敬地先和他说，而他自己，只是懒懒洋洋地点头哼哈着答话别人。

他答着去了。

而我，在他走后很长的时间里，都还看着他的背影，就像看着一条通往远处的道路。就在那一瞬间，我忽然忽然、猛烈猛烈地想要继续读书，想要去念我的高中，想要从二姐手里，夺走属于她的那半个去念高中的期冀。也就匆匆地吃饭，匆匆地回到家里，看见二姐也正端着空碗，从哪儿出来，到厨房盛饭。

我们在院里对望了一眼，谁也没有说话，就如彼此谁都不太认识对方一样。

下午，下地劳动，不知为何二姐没去。

晚饭，二姐也没有在家吃饭。

饭后，二姐也没有很快回家。

我问母亲，二姐呢？母亲说，找她同学去了。

也就这般，把一段命运暂时搁在脑后，就像把一个疮疤暂时用膏药糊了一样。也就睡了。月落星稀，窗外是清明夜色，有蛐蛐的叫声，还有半透明的潮润的夜气。睡到半夜时候，也许我刚要睡着，也许我已经睡着，刚好醒来，就在这个时候，我家大门响了。二姐的脚步，轻柔地落在院里。接着，那脚步的声响，到了我睡的门口滞重下来，仿佛是在再三之后，二姐推开了我睡的屋门，进来站到了我的床前。

我从床上坐了起来。

二姐说："你没睡？"

我以"嗯"做了回答。

二姐说："连科，念高中，姐不去了。还是你去念吧。"

说完这话，二姐借着窗光的月色看了看我。我不知道那时的二姐，看见了我什么表情。而我，却隐约看见，二姐的脸上似乎挂着凄淡的笑容。笑着转身走时，还又对我说道："你好好读书。姐是女的，本该在家种地。"

然后就是漫长地等待高中的开学。在开学的前一天里，二姐给我买了一支钢笔，送给我时，她眼里含着泪水，却依然地笑着说道："好好读书，连二姐的那份也给读上。"

现在，三十年之后，我给我的孩子说起这些，他有些愕然，有些不敢相信。不是不敢相信二姐因是女的，方才让我这个男孩读书，而是不敢相信，有个漫长的时代，中国乡村的孩子，普遍贫穷饥饿，衣无温暖，食无饱饭，作为父母，普遍无力去供他们的孩子吃饱肚子，并读完初中、高中。这是一个时代给所有做父母和子女的人留下的一份被时代早已忘记的社会歉疚，今天我们记述下来，也就是记记忆忆而已。

寂冷的光亮

我开始了写作，并日日坚定地写着。

白天到几公里外的高中读书，晚上躺在床上，辗转反侧，构思我的故事。星期天下地劳动，到了晚上就点上油灯，伏在一张陈旧而破损的抽屉桌上，写着我的关于阶级斗争和地主、富农、贫农，以及剥削与被剥削，反抗与被反抗，还有远离家乡之后，主人翁去找共产党的那部长篇故事。

写作成为我生活的秘密，使我感到在那青春年代里，我比别的同学和乡村的人们，都过得充实和多了一份愿念理想，似乎在生活中比别人有着更多的一束遥挂在未来的光明；使我觉得，正因为文学的存在，才有了我那时活着的意义，才有了我文学的昨天、今天，和可能是灰暗而艰涩的明天。

就是到了今天的景况，我的写作或好或坏，已经写有五百余万字的作品时，所有的记者见我都会千篇一律地问我世界上对你影响最大的作家是谁、作品是什么时，我都会认真地答道，对我影响最大的作家是张抗抗；影响了我一生的作品，是张抗抗的《分界线》。

必须承认，我确实从心里对抗抗大姐，充满着一种难以言说的感激之情。

岁月如同有用无用的书纸，日子是那书纸上有用无用的一些文字，就这么一页一页地掀着，仿佛我写的无意义的小说一样。到了我把那部长篇故事写到三百余页时，因为大姐的腰痛日益病重，因为家里确实需要有人干活，需要有人去挣回一份维持油盐药物和零用的钱来，在读高二期间，我读了一个学期，便辍学回家去了。那年我还不到十七岁，在家待了数天，把我的被子、衣物，还有正在写作中的小说书稿，一整一捆，就到几百里外的河南新乡打工去了。

那是一段我人生中最为辛苦的岁月，每每提起，都会唏嘘掉泪。

我有一个叔叔，是我父亲的亲弟，他远离家乡，在新乡水泥厂里做着工人。因为他在新乡，也就首先介绍我大伯家的老二孩子，名叫书成的我的叔伯哥哥，在新乡火车站当着搬运工人，把从火车上卸下的煤或沙子，装进加长加高过的架子车上，运往三十多里外的水泥厂里；起早贪黑，一天一次，一次一吨，一千公斤，六十多里路，能挣四到五元。因为哥哥在这儿干着，我也就到这儿做了一个搬运工人。

我比哥哥个儿高些，却是没有他那样对人生和搬运的耐力。每天天不亮时，我们弟兄就早早起床，拉着空车，快步地往三十里外的火车站去，每人装上一吨煤或沙子，然后再缓慢地如牛一样，拉着重车回来。在平和的土道上，我们步履蹒跚，徐徐而行；遇到了上坡，无论坡陡坡缓，我们都把一辆车子放在坡下路边，弟兄两个合拉一车，在那坡道上走着"S"形的路线，攀爬着自己的人生。送上一辆，回来休息一会儿，再合拉另外一辆。夏日时候，天如火烤，汗如雨注，好在那时，路边常有机井浇地，渴到难耐之时，我们就趴在路边田头，咕咕地狂饮一气，如马如牛，如沙漠骆驼，喝个痛快。到了午饭时，我们就总是赶到某一机井口上，吃着四两一个、因为坚硬形长被我们形容为"杠子"的馍馍。每次，喝着路边的生水，吃那杠子馍馍，我和我哥都能一口气吃上两个，八两的重量。

起初，我拉不动那上吨的煤车、沙车，吃不下那两个杠子馍馍。哥哥替我着急，除了每遇上坡，都要替我拉车以外，还要在路边吃馍的时候，从他车把上吊的一个袋里，给我摸出一块乌黑的咸菜块儿。他咬下一口，有三分之一，自己吃着，把那三分之二乌黑的咸菜，递到我的手里，让我就着咸菜，就着路边河水，去吃那坚硬的杠馍。这样过了一段日子，看我能吃完那八两馍了，哥就不再给我准备咸菜，而只准备一些最为淡白深刻的关于人生的话儿。

他说："连科，你还回家读书去吧，读书才是正事。"

他说："不读也行，读多了也不一定有用。"

他说："明天周末，我们回去洗个澡吧。洗个澡，明天你好好睡上一觉。"

我在每周的周日，都会好好睡上一觉，把前几天透支的力气设法儿补将回来。可是，我哥让我睡觉，他却仍在星期天里，还要到火车站上再多运一趟煤或沙子。

我和我哥是住在水泥厂的一间宿舍房里。周日这天，哥哥拉着车子走了，我就躺在空荡荡的屋内，有些绝望地望着天花板和天花板上挂的蛛网，还有蛛网上一天天长大的一只蜘蛛。这个时候，我就想起了我那写了几百页书信横格稿纸的长篇小说，它孤苦伶仃，和行李一块儿，从老家随我到了新乡，可我却是再也没有为它续写过一字一页，再也没有写出过一段情节或一个细节。

就这样过了两个多月。有一天，我叔看我走路时一个肩高，一个肩低，身子也有些歪斜，问我怎么会这样走路。我说本来就是这样走路。我叔伯哥哥，却把头低了一会儿，又抬起来说，是拉车拉的。说因为架子车中的辕带，每天都要狠狠地勒在肩上，要用尽吃奶的力气向前拉着，那肩膀也就自然向下坠了。

说完这些，我叔没有再说什么，眼眶里有了泪水。

三天以后，我叔不让我再到火车站上去当那搬运工人，说挣钱再多，也不再去了；说一旦累坏了身子，他会一生对不起他的哥嫂，我的父母。经过叔叔的托人周旋，还请人吃了两次饭店，喝了一瓶白酒，说通了让我到水泥厂的料石山上，和别人一道打风钻、炸料石，然后再把料石装上小型火车，运往山下水泥厂里。因为炸那料石有些危险，被石头伤后流血或被哑炮碎骨，甚或炸亡的事情，每年每月都时有发生，为了安全，叔也不让我哥去做那搬运工了，让他和我一块儿上山，彼此也好有个照应。

我们弟兄就卖了各自的架子车，到水泥厂的料石山上，去做了那里的临时工人。料石山脉，离水泥厂有三五几里，小罐儿火车，上山时用钢丝卷扬机把几十个空罐车厢拉将上去，待装满料石，再利用下坡的惯性，把那罐车迅速而有节奏地放下山去。在那山上，临时工们分着几拨，有人专门打钻放炮，有人专门把料石装上铁皮板车，再推几十米或者上百米，装上罐车，还有人负责专门把罐车往厂里放运。刚上山的新手，由于不熟悉劳作景况，都会让你干上三天放罐的轻活。三天之后，你都熟了，再去干那搬石头抢锤，到崖壁上撬石放炮的险活累活。

我干了六天放罐的轻活。

叔伯哥哥，把他前三天的放罐轻活也让给我了。而他，一到山上，就干了抡锤打钎的最重的活儿。在山上干活，是一种"计时"，而非"计件"。计时，即每天干八个小时，为着一班，每一班有一块六毛钱。为了能干上十六个小时，一天劳作两班，挣上三块二毛钱，我和我哥去找工头说了许多好话。我叔，还又去给那工头送了两盒香烟、一瓶白酒。就这样，我和我哥在那山上每天干上双班，十六个小时，经常一干十天半月，不下山，不洗澡，也不到厂里去办什么事情。吃住都在那空旷的山脉上，直到天下雨了，才会借着雨天，休息一下。

人生虽然苦寒，可每月领薪后往家寄钱的那一刻，从邮局出来望着天空和行人，还是感到了无限的惬意和温暖，感到了自己已经是个大人，可以为父母和家庭尽下一份情意和责任。为此，还是会有着来自心底的甜蜜和自傲，尤其在接着家里回信时，信上说寄的钱已经收到，那些钱刚好能让家里派上这样那样的用场时，自己就觉得自己有了顶天立地的命道和力量，也就感到世界的实在和具体。于是，愈发地想要干活挣钱和去承担一些父母肩上的事，去父母肩上卸下些生活的沉重和悲苦。这样，也就更加渴望每天能在矿山上干下十六个小时，而且是永无休止地干下去。

最长的一次，我在那山上一气干过四十一天，每天都是十六个小时，不洗脸，不刷牙，下班倒在地上就睡，醒来用湿毛巾在脸上象征一下，就往工地上快步走去。因为工厂里既抓革命，又促生产，要大干一百天，完成多少万吨的水泥生产，支援哪里的工程建设。所以，全厂上下，就都那么日夜忙着，自自然然，也就给我提供了一个不用请客送礼、不用求人说好话，就能每天干上十六个小时的天赐良机。

我抓住了这个机遇。

在这机遇中，有一桩趣事和"特务"有关。

那个时候，对于台湾，大陆人知道的只有两个内容：一是他们台湾人，都生活在水深火热之中；二是我们"一定要解放台湾"，拯救他们于水深火热的苦难之中。当然，因为我们要解放他们，他们又亡我之心不死，随时都要反攻大陆，夺取我们的革命政权，所以，不知是真的还是假的，那时候的大陆似乎到处尽皆有潜藏的国民党特务。于是，也就从我幼年记事伊始，耳朵里总是听到国民党的特务如何如何，使我在很长时间，都怀疑我们邻居，怀疑某个老师和大街上穿着制服的行人，都是国民党从台湾派来的一个坏人特务。以至于少年时期，独自走在村头的田野，因为过分寂静，能听到自己脚步的后边还有脚步的声音，也就怀疑，身后有着来自台湾的某个特务，正悄悄地跟在我的身后，我快他快，我慢他慢，于是就猛地回头，又只发现一片空旷在身后漫漫地铺着堆着。

为了证明身后确实没有特务，有时我会快走几步，把身子闪在墙角或一棵树后，然后把头悄悄伸将出来，进行观察瞭望，以待确认身后的确没有特务的尾随，才会继续谨慎地走下去。回忆那个年代的许多事情，就像回忆一部年代久远的革命电影，有许多模糊，也有许多清晰；有许多场面宏大的历史空旷，也有空旷中鲜明细节般的野花小草。总而言之，那是一个革命和激情充盈的年代，革命养育了激情，激情反转过来，又燃烧着革命，以至于我为了自己和家人的生存，在新乡郊野的山上，每天双班，一次干上十六个小时，整整四十一天，没有下山，没有歇息，除了珍惜来之不易的每天能干十六个小时的机缘，别的我都一概不管不顾。也就从此忘记了一切，如同和整个世界完全隔绝了一样。然就在这个隔绝之中，革命与"解放台湾"这样宏大的事情，会转化成某个细节，呈现在我的眼前。

这是一天午时，我们正往罐车上装着料石，工地上忽然停电，罐车不能运行，风钻也不能旋转，大家几十个来自天南海北的、和我一样在那年代求着生存的临时工，都躺在碎石渣上歇着睡着。也就这个时候，在我躺着将要睡着之时，我看到有两个硕大的粉红气球，从高远的天空中朝着山里的深处飘了过来。

望着那两个气球，我的第一反应是，这对气球可能是敌人放飞过来散发反革命传单的两个反动工具。至于那来自台湾的气球，能否飞过台湾海峡，海峡又在什么地方，从海峡那边的福建厦门，到我们的中原河南，河南的新乡界地，有多远的千里之程，要经过几个省份，我不知道，也不想知道。但望着那对气球，越来越信那是来自遥远的、水深火热的台湾方向。为了证明我的怀疑，在大家都半睡半醒之时，我做出要去厕所的样子，离开了工地，离开了人群。

我朝着气球飘去的方向，一口气走了至少三十分钟。从山顶到了荒无人烟的一条沟谷，直到确实相信那气球已经飘失，我再也不能找到它时，才停下了我的脚步。可是，就在我转身要走，要离开山谷回到山顶时，奇迹"砰"的一下，出现在了我的眼前。

我在路边的一条石头缝里看见了一样东西。那东西如同书签，四指宽窄，一拃长短，纸板光硬，印制精美，一面是一个美丽的少妇，亭亭玉立地穿着短裙，分开双手，一边各牵着两个孩子。那四个孩子，两男两女，健康可爱，背着书包，拿着玩具；而他们彩色照片的背景，是宽阔的台北大街，和一街两岸的高楼与路灯。就在这书签似的卡片彩照的背面，赫然地印着一行蓝字：

台湾不计划生育

在当时，我对"计划生育"这个后来连农民都十分明了的词语，还不是十分了解，只是隐隐觉得，这个词语与生孩子有些关系。而那个年代，我们乡村也同样没有实行计划生育，只是中国的某些城市，开始有了这样的号召。所以，对计划不计划生育，我并不十分感兴趣。而只是觉得，捡了这张卡片，明证了我对那两个气球是来自台湾反动派的一种判断；只是觉得，台湾人虽然反动，可他们在大街上的丽亮和人的神情，却是越出了我的所见和想象；还有对照片上母子们生活的幸福，有了暗自而沉重的羡慕。

山谷中空旷无人。我拿着那张卡片，默默地朝工地走去。到了工地，又把那张卡片藏在雨淋不到、别人也不能发现的一条石缝里。虽然之后我没敢再去石缝里看那张卡片，却已经在心底里藏下了一个不能告人的秘密，那就是：台湾人可能比我们生活要好。这个对于社会、革命和世界朦胧的怀疑，让我想起了我那没有写完的长篇小说，因为在那个虚构的故事里，充满着阶级斗争，也有着一个来自台湾的特务的丑恶形象。

我又开始写起了我的那部长篇。

因为我的叔伯哥哥回家结婚去了，给我留下了独占一屋的空间。可在某天动笔的时候，方才猛地发现，因为每天在山上搬石头抢锤，往车上铲装石渣，铁镐的把儿和我缝了几层补丁的裤腿，时时挤压着我握铁锹把儿的右手手指，使我的右手指头，已经完全扭曲变形，如同树枝一样干枯弯弯，让我无论如何都无法再握住那细滑的钢笔。发现手指无法握笔的时候，望着干硬的指头，我惘然不知所措，有些想哭，又觉得坦然。试着用左手握笔，却又依然不能写字，就再用右手生硬地握着，生硬地在纸上写着，直到可以把字写得有些像字了为止。

就这样，在每天不干十六个小时，而只上一班八个小时的时候，我都会关起门来，写上几页、几个小时的所谓小说。这个时候的写作，已经不太寄希望于以它的出版来改变我的命运，让我逃离土地，走入城市，而是觉得，现实让人感到生存的绝望，在写作中，能让人觉出有个新的世界的存在。

也就如此，上班、写作，写作、上班。上白班了晚上写，上夜班了白天写。以为一切都将过去时，因为工地上忽然走了几个来自他省的工人，我又有机会在那山上，每天干上十六个小时，一干半月时，世界轰然而悄然地发生了巨大的变化。

天翻地覆。

天翻地覆是自一天的夜半开始的。一天的夜半，已经是十二点多，忽然间，寂静的山脉工地上的大喇叭里，莫名其妙地响起了音乐，播放了豫剧《朝阳沟》。先前，那大喇叭里除了播放各种通知外，就是革命新闻和革命的京剧样板戏。可是那一夜，天空浮云、万籁俱静之时，大喇叭里竟然播放了有些靡靡之音样醉人的豫剧《朝阳沟》。我们不知道喇叭里为什么不再播放那革命的样板之戏，而改播了优美的地方戏曲。大家都怔在那儿，停了手中的活儿，都在听着《朝阳沟》中的"走一步，退两步，我不如不走"的优美唱段。直到后来，那些年长的工人干着活儿，就都跟着大唱起了《朝阳沟》来。

我就是从那一夜突然意识到了豫剧之美，直到今天，还迷恋着河南的戏剧。因为那一夜，我要干上双班，十六个小时，所以第二天八点下班，回到山下水泥厂的工人宿舍区里，已经是来日的上午十点多钟。就在那宿舍街区的墙上，那一天，我看到了到处都是奇怪的标语，内容尽皆是打倒"四人帮"的口号。我不知道是谁，不知道"四人帮"是什么意味，就如不懂"计划生育"是什么意味一样。回到宿舍，我小心地去问我的四叔。

四叔说"四人帮"都是谁。我知道他们当时都是我们伟大国家的领导人。想起不久之前，毛主席逝世时，我在山上干活，直到一周后从山上下来，才愕然听说毛主席已经去世了。现在，他们四个人又都被抓了起来，这使我过了许久之后，才隐隐省思到世界将要发生什么变化。一场新的惊人的革命，也许就要到来，尽管各种革命似乎都与我无关。

后来的事实确实证明，中国的的确确有了新的革命。

而且革命，与我有关。

在非常偶然、普通的一天里，我正在山上干活，我的四叔急急地从山下走来，到我面前犹豫着说，你下山买票回家去吧，家里有了急事。我怔在叔的面前，有些惊慌，有些忙乱。叔看我忙乱，就取出了一封电报，默默地给我。

电报上只有简单四字："有事速回。"在那个年代，电话网络不像今天蛛网样罩在上空，让世界变得小如手掌。那个时候，通信的主要方式就是信和电报。缓事发信，急事发报。而发电报，一般又都是家有告急，如亲人病重病危，或突发别的灾难。因为电报上每发一字，需要六分钱还是八分钱，这六分、八分，是两到三个鸡蛋的价格。所以，世界上最简洁的文字，自然就是电报的语言；最令人不安的文字，也是电报的语言。

因为家有病人，我不敢多想电报背后的事情，就只能怀揣着电报，急匆匆地下了矿山，买票整物，连夜启程，回到了洛阳嵩县的一隅老家。

到了家里也才知道，家里一切如常，只是因为社会和从前有了大不一样。

第四辑

血脉里的眷恋，总在夙夜

而理想的婚姻，又似乎是建立在房子的基础之上。似乎谁家有好的房舍，谁家儿女就有可能具备理想婚姻的基础。房子是一个农民家庭富足的标志和象征，甚至，在一方村落里，好的房屋也是一个家庭社会地位的象征。父亲和所有农民一样，明白这一点，就几乎把他一生的全部精力和财力，都集中在了要为子女们盖下几间瓦房上。

土地的身影

——

　　到今年，我父亲已经离开我们二十五年了。

　　二十五个春春秋秋，是那么漫长的一河岁月。在这一河岁月的漂流中，过去许多老旧的事情，无论如何，却总是让我不能忘却。而最使我记忆犹新、不能忘却的，比较起来，还是我的父亲和父亲在他活着时劳作的模样儿。他是农民，劳作是他的本分，唯有日夜的劳作，才使他感到他的活着和活着的一些意义，是天正地正的一种应该。

　　很小的时候——那当儿我只有几岁，或许是不到读书的那个年龄吧，便总如尾巴样随在父亲身后。父亲劳作的时候，我喜欢立在他的身边，一边看他举镐弄锹的样子，一边去踩踏留在父亲身后或者他身边的影子。

　　这是多少、多少年前的事情了——那时候各家都还有自留地，虽然还是社会主义的人民公社，土地公辖，但各家各户都还被允许有那么一分几分的土地归你所有，任你耕种，任你做作。与此同时，也还允许你在荒坡河滩上开出一片一片的小块荒地，种瓜点豆，植树栽葱，都是你的权益和自由。我家的自留地在几里外一面山上的后坡，地面向阳，然土质不好，全是褐黄的礓土，俚语说是块料礓地，每一锨、每一镐插进土里，都要遇到无角无棱、不方不圆、无形无状的料礓石。每年犁地，打破犁铧是常有的事。为了改造这土地，父亲连续几年冬闲都领着家人，顶着寒风或冒着飞雪到自留地里刨刨翻翻，用镢头挖上一尺深浅，把那些礓石从土里翻捡出来，大块的和细小瘦长的，由我和二姐抱到田头，以备回家时担回家里，堆到房下，积少成多，到有一日翻盖房子时，垒地基或表砌山墙所用；块小或彻底寻找不出一点物形的，就挑到沟边，倒进沟底，任风吹雨淋对它的无用进行惩处和施加暴力。

父亲有一米七多的个头，这年月算不得高个儿，可在几十年前，一米七多在乡村是少有的高个儿。那时候，我看着他把镢头举过头顶，镢刺儿对着天空，晴天时，那刺儿就似乎差一点钩着了半空中的日头；阴天时，那刺儿就实实在在钩着了半空的游云。因为一面山上，只有我们一家在翻地劳作，四处静得奇妙，我就听见了父亲的镢头钩断云丝那咯咯叭叭的白色声响。追着那种声音，就看见镢头在半空凝寂了片刻之后，一瞬间，又暴着力量往下落去，深深地插在了那坚硬的田地里。而父亲那由直到弯的腰骨，这时会有一种柔韧的响声，像奔跑的汽车轧飞的沙粒样，从他那该洗的粗白布的衬衣下飞奔出来。父亲就这样一镢一镢地刨着，一个时辰、一个时辰在他的镢下流去和消失。一个冬日又一个冬日，被他刨碎重又归新组合着。每天清晨，往山坡上去时，父亲瘦高的身影显得挺拔而有力，到了日落西山，那身影就弯曲了许多。我已经清晰无误地觉察出，初上山时，父亲的腰骨就是我们通常说的笔直的腰杆儿，可一镢一镢地刨着，到了午时，那腰杆儿便像一棵笔直的树上挂了一袋沉重的物件，树干还是立着，却明显有了弯样。待在那山上吃过带去的午饭，那树也就卸了吊着的物件，又重新努力着撑直起来。然而到了日头将落，那棵树也彻底弯下，如挂了两袋、三袋更为沉重的物体，仿佛再也不会直了一般。然尽管这样，父亲还是一下一下有力地把镢头举在半空，用力地让镢头暴落在那块料礓地里，直到日头最终沉将下去。

我说："爹，日头落了。"

父亲把镢头举将起来，看着西边，却又问我道："落了吗？"

我说："你看——落了呢。"

每次我这样说完，父亲似乎不相信日头会真的落山，他要首先看我一会儿，再把目光盯着西边看上许久，待认定日头确是落了，黄昏确是来了，才最后把镢头狠命地往地上刨一下，总结样，翻起一大块硬土之后，才会最终把镢头丢下，将双手卡在腰上向后用力仰仰，让弯久的累腰响出特别舒耳的几下嘎巴嘎巴的声音，再半旋身子，找一块高凸出地面的虚土或坷垃，仰躺上去，面向天空，让那虚土或坷垃正顶着他的腰骨，很随意、很舒展地把土地当作床铺，一边均匀地呼吸，一边用手抓着那湿漉漉的碎土，将它们在手里捏成团儿，再揉成碎末，这样反复几下，再起身看看他翻过的土地，迈着匀称的脚步，东西走走，南北行行，丈量一番，在心里默算一阵，又用一根小棍，在地上笔算几下。父亲那满是红土的脸上，就有了许多浅色粲然的笑容。

我问："有多少地？"

父亲说："种豆子够咱们一家吃半年豆面，种红薯得再挖一个窑洞。"

然后，就挑起一担我捡出来的料礓石，下山回家去了。那料礓石虽然不似鹅卵石那么坚硬沉重，可毕竟也是石头，挑起时父亲是挂着镢柄才站起来的。然他在下山的路上，至多也就歇上一息两息，就坚持着到了家里。路上你能看见他的汗一粒粒落在地上，把尘土砸漫出豆荚窝似的小坑，像落在日头地里的几滴很快就又将被晒干的雨滴一样。我跟在父亲身后，扛着他用了一天的镢头，觉得沉重得似乎能把我压趴在地上，很想把那柄镢头扔在脚地，可因为离父亲越来越远，竟还能清楚地听见他在那一担礓石下整个脊骨都在扭曲变形的咔嘣咔嘣的声响，便只好把镢头从这个肩上换到那个肩上，迅速地小跑几步，更近地跟在他的身后，以免落在黄昏的深处。

到了家里，父亲把那一担礓石放在山墙下边，似乎是彻底用完了自己的气力，随着那两筐落地的礓石，他也把自己扔坐在礓石堆上。如果黄昏不是太深，如果天气不是太冷，他就坐在那儿不再起来，让姐们把饭碗端将出去，直到吃完了夜饭，才会起身回家，才算正式结束了他一天的劳作。这个时候，我就怀疑回家倒在床上的父亲，明天是否还能起得床来。然而，来日一早，他又如上一日的一早一样，领着我和家人，天不亮就上山翻地去了。

这样过了三年——三年的三个冬天，我们家的那块土地彻底地翻捡完了。家里山墙下堆的黄色的礓石，足够表砌三间房的两面山墙，而田头沟底倒堆的礓石也足有家里的几倍之多。你不敢相信一块地里会有这么多的礓石。你终于知道那块比原来大了许多的自留地，其实都是从礓石的缝中翻捡出来的，也许七分，也许八分，也许有一亩见余。总之，那块田地对几岁的你来说，犹如一片广场，平整、松软，散发着深红香甜的土腥，就是你在田地里翻筋斗、打滚儿，也不会有一点坚硬划破你的一丝皮儿。因此，你似乎懂得了一些劳作和土地的意义，懂得了父亲在这个世上生存的意义。似乎明白，作为农民，人生中的全部苦乐，都在土地之上，都根在土地之中，都与劳作息息相关。或者说，土地与劳作，是农民人生的一切苦乐之源。尤其从那年夏天开始，那块土地的边边角角，都经过了根彻的整理，低凹处的边岸用礓石垒了边坝，临路边易进牛羊的地方，用枣刺封插起来，太过尖角的地脑，落不了犁耙，就用铁锨细翻了一遍。然后，一家人又冒着酷暑，在几里外的山下挑水，在那块田里栽下了它成为真正的田地之后的第一季的红薯苗儿。

也许是父亲的劳作感动了天地，那一年风调雨顺，那块田地的红薯长势好极，因为翻捡礓石时已经顺带把草根扔了出去，所以那年的田里，除了油黑旺茂的红薯秧儿，几乎找不到几棵野草。凡从那田头走过的庄稼人，无不站立下来，扭头朝田里凝望一阵，感叹一阵。这时候如果父亲在那田里，他就会一边翻着茂如草原的红薯秧棵儿，一边脸上漫溢着轻快的欢笑。

人家说："天呀，看你家这红薯的长势！"

父亲说："头年生土，下年就不会这样好了。"

人家说："我家冬天粮不够时，可要借你们家的红薯呀。"

父亲说："随便，随便。"

为了储存那一地的红薯，父亲特意把我家临着村头寨墙的红薯窖中的一个老洞又往大处、深处扩展一番，并且在老洞的对面，又挖了更大的一眼新洞。一切都准备完毕，只等着霜降到来前后，开始这一季的收获。为了收获，父亲把颓秃的镢头刺儿请铁匠加钢后又捻长了一寸。为了收获，父亲在一个集日又买了一对挑红薯的箩筐。为了收获，父亲把捆绑红薯秧儿的草绳搓好后挂在了房檐下面。工具、心情、气力，都已经准备好了，剩下的就是等待霜降的来降。

公历十月九日，是霜降前的寒露，寒露之后半月，也就是了霜降。可到了寒露那天，大队召开了一场群众大会，由村支书传达了由中央到省里，又由省里至地区和县上，最后由县上直接传达给各大队支书的红印文件。文件说人民公社绝对不允许各家各户有自留地存在。各家各户的自留地，必须在文件传达之后的三日之内，全部收归公有。

那是一九六六年的事。

一九六六年的那个寒露的中午，父亲从会场上回来没有吃饭，独自坐在上房的门槛儿上，脸色灰白阴沉，无言无语，惆怅茫然地望着天空。

母亲端来一碗汤饭说："咋办？交吗？"

父亲没有说话。

母亲又问："不交？"

父亲瞟了一眼母亲，反问说："能不交吗？敢不交吗？"

说完之后，父亲看看母亲端给他的饭碗，没有接，独自出门去了。吃过午饭，父亲还没有回来。到了吃晚饭时，父亲仍然没有回来。母亲知道父亲到哪儿去了，母亲没有让我们去找父亲。我们也都知道父亲去了哪里，很想去那里把父亲找回来，可母亲说让他去那里坐坐吧，我们便没有去寻叫父亲。那一天直至黄昏消失，夜黑铺开，父亲才有气无力地从外边回来，回来时他手里提着一棵红薯秧子，秧根上吊着几个鲜红硕大的红薯。把那棵红薯放在屋里，父亲对母亲说："咱们那块地土肥朝阳，风水也好，其实是块上好的坟地，人死后能埋在那儿就好啦。"

听着父亲的话，一家人默默无语。

默默无语到月落星稀和人心寒凉。

盖　房

———

　　没有谁能想到父亲会下世得那么急快，母亲、姐姐、哥哥及左邻右舍，谁都觉得他走得早了。早得多了，让他的子女们无法接受。但是父亲，他似乎自得了那病的第一天起，就明白了一个道理，那就是对于正常的人，死亡是站在你人生的前方某处，在等着你一日日、一步步向它走近，待你到了它的面前，它能够伸手及你，它才会携你而去。但对于一个病人，那就不仅是你一日日、一步步向死亡走去，而且是死亡也从你的对面，一日日、一步步向你跑来。人生就是那么一定的、有限的一段距离，如果时速一定，只有你单向地向死亡靠近，那就需要相对长点的时间；如果你向死亡走去，死亡也迎面向你走来，那你的人生时间就要短下许多。

　　世间每个人只有那么一段行程，一个人独自走完这段行程的人生是一回事，而有另外一个我们看不见的死亡的黑影，也来抢行你这段路程，那你的人生就是另外一回事。而我的父亲，他一定是很早就明白了这个道理的。他一定因为有病，就在冥冥之中看见了属于他的那段人生行程的对面，也正有一个暗影在向他走来。所以，他作为一个农民、一个父亲，就特别急需把他认为一个农民父亲应该在人世的所尽之责，无遗无憾地尽力完毕和结束。

那么，一个身为农民的父亲，他活在世上到底应该做完一些什么事情呢？尽到一些什么职责呢？这一点，父亲和所有北方的农民一样，和所有北方的男人一样，和他周围所有做了父亲却最远的行程是到几十里外的县城，倘若能到百里之外的洛阳就是人生大事，就是生命的一次远足的农民一样，他们自做了父亲那一日、一时开始，就刻骨铭心地懂得，他们最大、最庄严的职责，就是要给儿子盖几间房子，要给女儿准备一套陪嫁，要目睹着儿女们婚配成家，有志立业。这几乎是所有农民父亲的人生目的，甚或是唯一的目的。

我想因为有病，父亲对这一目的就看得更为明晰、更为强烈、更为简捷，那就是在父亲生前，他以为他需要做完的许多事情中，最为急迫的是儿女们的婚姻。

而理想的婚姻，又似乎是建立在房子的基础之上。似乎谁家有好的房舍，谁家儿女就有可能具备理想婚姻的基础。房子是一个农民家庭富足的标志和象征，甚至，在一方村落里，好的房屋也是一个家庭社会地位的象征。父亲和所有农民一样，明白这一点，就几乎把他一生的全部精力和财力，都集中在了要为子女们盖下几间瓦房上。盖几间瓦房，便成了父亲人生的目的，也成了他生命中的希冀。

现在，我已经记不得我家那最早竖起在村落的三间土房瓦屋是如何盖将起来的，只记得那三间瓦房的四面都是土墙，然在临靠路边的一面山墙上，却表砌了从山坡田野一日一日挑回来的黄色的礓石，其余三面墙壁，都泥了一层由麦糠掺和的黄泥。春天来时，那三面墙上长有许多瘦弱的麦芽。记得那半圆的小瓦，在房坡上一行一行，你从任何角度去看，都会发现一个个瓦楞组成的一排排的人字儿，像无数队凝在天空不动的雁。记得所有路过我家门前的行人，无论男女老幼，都要立下脚步，端详一阵那三间瓦屋，像懂行的庄稼把式，在几年前路过我父亲翻捡、扩大过的自留地一样，他们的脸上都一律挂着惊羡的神色和默语的称颂。我还记得，搬进那瓦屋之后，母亲不止一次地面带笑容给我们姐弟叙说，盖房前父亲和她如何到二百里外的深山老林，去把那一根根杂木椽子从有着野狼出没的山沟扛到路边；记得母亲至今还不断挂在嘴上，说盖起房子那一年春节，家里没有一粒小麦，没有半把面粉，是借了人家一碗污麦面粉让我们兄弟姐妹四个每人吃了半碗饺子，而父亲和她，则一个饺子都没吃。还说那一年她试着把白面包在红薯面的上边，希望这样擀成饺子叶儿，能让她的子女们都多吃几个白菜饺子，但试了几次，皆因为红薯面过分缺少黏性而没有成功——而没有做成饺子叶儿的包了一层白面的红薯面块，就是父亲那年过节所吃的大年饭。

　　这就是房子留给我的最初记忆，之后所记得的，就是我所看到的，就是那新盖的三间瓦房，因为过度简陋而不断漏雨。每年雨季，屋里的各处都要摆满盆盆罐罐。为了翻盖这漏雨的房子，父亲又蓄了几年气力，最后不仅使那瓦房不再漏雨，而且使那四面土墙的四个房角，有了四个青砖立柱，门和窗子的边沿，也都用青砖镶砌了边儿，且邻了路边的一面山墙和三间瓦房的正面前墙，全都用长条儿礓石砌表了一层，而料礓石墙面每一平方米的四围边儿，也都有单立的青砖竖起隔断，这就仿佛给土瓦房穿了一件黄底绿格的洋布衬衫，不仅能使土墙防雨，而且使这瓦房一下美观起来，漂亮起来，它也因此更为引人注目，更为令众多乡人惊惊羡羡。

这就是父亲的事业，是父亲活着的主要人生目的之一，也是他觉得必须尽力活在人世的一种实在。

要说，无论是现在还是过往，父亲的那种病，都不是让人立等着急的急症、绝症——哮喘病，在今天的人们看来，也无非头痛脑热之类。但头痛与脑热，却是易于治愈的家常小症，而哮喘却是有可能由小变大，由轻至重，最终转化为无可救治的肺源性心脏病的一种慢性常见病症。在乡村，在偏远的山区，这种病几乎是老年人的必得之症，人过五十、六十，由于年轻时劳累受寒、感冒频繁，有这种病的人占一半还多，而最终因为这种病而离开人世的农民几乎是司空见惯。不用说，父亲在他的生活中目睹了太多因这种病而撒手人寰的场景。不用说，父亲明白得了这种病，要么借助年轻的体魄和命运，碰巧也就将此病治好还愈了，要么和更多的有了这病的人一样，最终因为此病而谢世。

父亲和别人所不同的是，他得这病时还不到三十岁，自恃年龄和身体的许可，没有太把这病放在心上，病重了就借钱讨几服药吃，病轻了就仍然无休无止地劳作，这样十几年熬煎下来，日日月月，恶性循环，终于在不到五十岁时，每年冬天病情发作，就如七十岁有了哮喘一样。也正因为这样，他就想急急忙忙把房子翻盖起来，想让他的子女们不延不误，长大一个，成婚一个；成婚一个，他也就算了却了他的一份必尽的心愿。

我们兄弟姐妹四个的婚姻，在今天已经改村为镇的左邻右舍的目光中，从订婚到成家，他们都认为较为顺利，这除了父母和我们兄弟姐妹的为人本身，与父亲染病挨饿为我们盖起的一间间的乡村瓦屋不无关系。那是仅有二分半地的一所乡村小宅，中央之上，盖二间上房，东西两侧，再各盖两间厢厦，这样七间房子，正留出半分地的一个四方院落：这是豫西农村最为盛行而有些殷实的农家小院。为了盖房，父亲每年过节都很少添过新衣；为了盖房，父亲把房前屋后能栽树的地方全都栽了泡桐、杨树。到了冬天，还在那树苗身上涂上白灰，围上稻草，以使它取暖过冬。春天来时，他把这些稻草取掉，和让孩子们脱掉过热的棉衣一样，再在小树周围扎下一圈枣刺棵儿，以防孩娃们的热手去那树上摸碰。父亲就这样如疼爱他的孩子样养护着那些小树，那些小树在几年或多年之后，长到中年、老年，就做了我家房上的檩梁。到我家那七间房子全都成了瓦房以后，父亲虽然不是第一个盖筑瓦屋的村人，却是第一个让家里没有草房——包括鸡窝、猪圈——的房主。而且，父亲在他的哮喘病已经明显加重的时候，还戴着避寒的暖纱口罩，拉着板车，领着我们兄弟姐妹，蹚过已经封冻结冰的几十米宽的酷冷伊河，到十几里外的一条白涧沟里寻找二三指厚的红色薄片石头，拉回来铺满院子，铺满通往厕所和猪圈的风道小路，使那二分半的宅院没有见土的地方。每到雨天，街上和别户各家，到处都泥泞不堪，只有我们家里洁洁净净。那样的天气里，我们家院里总是站满了村人邻居，他们在那不见泥沙的院里、屋里，打牌说笑，讲述故事，议论命运和生老病死，把我们家那所宅院和那宅院中围困着的乡村人的人生，当成村落建筑和日子的榜样和楷模。

事实上，那所宅院和宅院中的日子，的确在那片村落和方圆多少里的村落中，都有着被夸大的影响和声誉，对许多农民的日子起着一种引导的督促。可是，只有为数不多的有着血缘关系的亲人，方才知道父亲为了这些，付出了他的健康，也付出了他许多的生寿。

记得最后盖我家东边那两间厢厦时，父亲领着我们，破冰过河去山沟里拉做地基的石头，因为车子装得太满，返回时车子陷在伊河当中，我们姐弟全都高卷起裤腿，站在冰河中用力猛推，不仅没能把车子推动半步，反而每个人的手脸都冻得乌青，腿和脚在水中哆嗦得不能自已。这时候，父亲回过身子，从车辕间出来，把我们姐弟从水中扶到岸上，用棉衣包着我们各自的腿脚，他自己又返回水中，同哥哥一道，从车上卸着一二百斤重的石头，一块块用肩膀扛到岸边，直到车子上的石头还剩一半之多，才又独自从冰河中把车子拉上岸来。父亲从水中出来的时候，他脖子里青筋勃露，满头大汗，手上、肩上、腿上和几乎所有衣服的每个部位，却都挂着水和冰凌。我们慌忙去岸边接着父亲和那车石头，待他把车子拉到岸上的一块干处，我们才都发现，父亲因为哮喘，呼吸困难，脸被憋成了青色，额门上的汗都是憋出来的。见父亲脸色青涨，咳嗽不止，姐姐赶忙不停地去父亲的后背上捶着。过了很久，捶了很久，待父亲缓过那艰难的呼吸，哥哥也抱着一块水淋淋的石头最后从冰河里出来，他把那石头放在车上，望着父亲的脸色说："不一定非要盖这两间房子，不能为了房子不要命啊。"

父亲没有马上说话，他瞟了一眼哥哥，又望望我们，最后把目光投向荒凉空无的远处，好像想了一会儿，悟透并拿定了什么主意，才扭回头来对着他的子女们说："得趁着我这哮喘不算太重，还能干动活儿，就把房子盖起来，要不，过几年我病重了，干不动了，没把房子给你们盖起来，没有在我活着时看着你们一个个成家立业，那我死了就对不起你们，也有愧了我这一世人生。"

其实，父亲的病是在他年轻时的劳累中得下的，而扎根难愈，却是在他为子女成家立业的盖房中开始的。在我们兄弟姐妹中，我排行最小，一九八四年十月完婚在那最后盖起的两间瓦屋之后，也便了却了父亲的最后一桩夙愿。于是，没过多久，他便离开我们独自去了，去另外一番界地，寻找着另外一种安宁和清静。

打

一

算到现在，我的父亲有二十四五年没有和我说过一句话了。埋他的那堆黄土前的柳树，都已经很粗很粗。不知道他这二十四五年想我没有，想他的儿女和我的母亲没有，倘若想了，又都想些啥，念叨一些啥。可是我，却在二十五年间，总是想念我的父亲，想起我小时候，父亲对我的训骂和痛打。好像，每每想起我父亲，都是从他对我的痛打开始的。

能记得的第一次痛打是我七八岁的当儿，少年期，读小学。学校在镇上的一个老庙里，距家二里路，或许二里多一些。那时候，每年的春节之前，父亲都会千方百计存下几块钱，把这几块钱找熟人到乡村信用社，全都换成一沓儿簇新的一角的毛票，放在他枕头的苇席下，待到了初一那天，再一人一张、几张地发给他的儿女、侄男侄女和在正月十五前来走亲戚的孩娃们。

可是那一年，父亲要给大家发钱时，那几十上百张一毛的票儿却没有几张了。那一年，我很早就发现那苇席下藏有新的毛票儿。那一年，我还发现在我上学的路上，我的一个远门的姨夫卖的芝麻烧饼也同样是一毛钱一个。我每天上学时，总是从那席下偷偷地抽走一张钱，在路上买一个烧饼吃。偶尔大胆起来，会抽上两张，放学时再买一个烧饼吃。

那一年，从初一到初五，父亲没有给我脸色看，更没有打我和骂我，他待我如往年无二，让我高高兴兴过完了一个春节。可到了初六，父亲问我偷钱没有，我说没有，父亲便厉声让我跪下了。又问我偷没有，我仍然说没有，父亲就在我脸上打了一耳光。再问我偷没有，仍说没有时，父亲便更为狠力地朝我脸掴起耳光来。记不得父亲统共打了我多少耳光，只记得父亲直打到我说是我偷了，他才歇下手。记得我的脸又热又痛，到了实在不能忍了，我才说那钱确是我偷了，说我偷了全都买烧饼吃掉了。然后，父亲就不再说啥，把他的头扭到一边去。我不知道他扭到一边干啥，不看我，也不看我哥和姐姐们，可等他再扭头回来时，我们都看见他自己眼里含着的泪。

第二次，仍是在我十岁之前，我和几个同学到人家地里偷黄瓜。仅仅因为偷黄瓜，父亲也许不会打我的，至少不会那样痛打我。主要是因为我们偷了黄瓜，其中还有人偷了人家菜园中那一季卖黄瓜的钱。人家挨个儿地找到我们每一个人的家里去，说吃了的黄瓜就算了，可那一季瓜钱是人家一年的口粮哩，不把钱还给人家，人家一家就无法度过那年的日子去。父亲也许认定那钱是我偷了，毕竟我有着前科，待人家走了之后，父亲把大门闩了，让我跪在院落的一块石板铺地上，先噼里啪啦把我痛打一顿后，才问我偷了人家的钱没有。因为我真的没有偷，就说真的没有偷，父亲就又噼里啪啦地朝我脸上打，直打得他没有力气了，气喘吁吁了，才坐下直盯盯地望着我。

那一次，我的脸肿了，肿得和暄虚的土地样。因为心里委屈，夜饭没吃，我便早早地上了床去。上床了也就睡着了。睡到半夜，父亲却去把我摇醒，好像求我一样问："你真的没拿人家的钱？"我朝父亲点了一下头。然后，然后父亲就拿手去我脸上轻轻摸了摸，又把他的脸扭到一边去，去看着窗外的夜色和月光。看一会儿，他就出去了。出去坐在院落里，孤零零地坐在我跪过的石板地上的一张凳子上，望着天空，让夜露潮润着，直到我又睡了一觉起床小解，父亲还在那儿静静地坐着没动。

那时候，我不知道父亲坐在那儿思忖了啥。几十年过去了，我依旧不知父亲那时到底是在那儿省思还是漫想着这家和人生的啥。

第三次，父亲是最最应该打我的，应该把我打得鼻青脸肿、头破血流的，可是父亲没打我。是我没有让父亲痛打我。那时我已经越过十周岁，也许已经十几岁，到乡公所里去玩耍，看见一个乡干部屋里的窗台上，放着一个精美铝盒的刮脸刀，我便把手从窗缝伸进去，把那刮脸刀盒偷出来，回去对我父亲说，我在路上拾了一个刮脸刀。

父亲问："在哪儿？"

我说："就在乡公所的大门口。"

父亲不是一个刨根问底的人，我也不再是一个单纯素洁的乡村孩子了。到后来，那个刮脸刀，父亲就长长久久地用将下来了，每隔三朝两日，我看见父亲对着刮脸刀里的小镜刮脸时，心里就特别温暖和舒展，好像那是我买给父亲的礼物样。不知道为啥，我从来没有为那次真正的偷窃后悔过，从来没有设想过那个被偷了的国家干部是个什么模样儿。直到又过了多年后，我当兵回家休假时，看见病中的父亲还在用着那个刮脸刀架在刮脸，心里才有一丝说不清的酸楚升上来。我对父亲说："这刮脸刀你用了多年了，下次回来我给你捎一个新的吧。"父亲说："不用，还好哩，结实呢，我死了这刀架也还用不坏。"

听到这儿，我有些想掉泪，也和当年打我的父亲样，把脸扭到了一边去。

把脸扭到一边去，我竟那么巧地看见我家老界墙上糊的旧《河南日报》上，刊载着郑州市一九八一年第二期《百花园》杂志的目录。那期目录上有我的一篇小说，题目叫《领补助金的女人》。然后，我就告诉父亲说，我的小说发表了，头题呢，家里界墙糊的报纸上，正有那目录和我的名字呢。父亲便把刮了一半的脸扭过来，望着我的手在报纸上指的那一点。

两年多后，我的父亲病故了。回家安葬完了父亲，收拾他用过的东西时，我看见那个铝盒刮脸刀静静地放在我家的窗台上，黄漆脱得一点都没了，铝盒的白色在锃光发亮地闪耀着，而窗台斜对面的界墙上，那登了《百花园》目录的我的名字下面，却被许多的手指指指点点，按出了很大一团黑色的污渍儿，差不多连"阎连科"三个字都不太明显了。

算到现在，父亲已经离开我四分之一世纪了。在这二十四五年里，我不停地写小说，不停地想念我父亲。而每次想念父亲，又似乎都是从他对我的痛打开始的。我没想到，活到今天，父亲对我的痛打，竟使我那样感到安慰和幸福；竟使我每每想起来，都忍不住会拿手去我儿子头上摸一摸。可惜的是，父亲最最该痛打、暴打我的那一次，却被我遮掩过去了。而且时至今日，我都还没有为那次正本真切的偷盗而懊悔。只是觉得，父亲要是在那次我真正的偷盗之后，能再对我有一次痛打就好了。在父亲的一生中，要能再对我痛打上十次八次就好了。父亲如果今天还能如往日一样打我和骂我，我该有何样的安慰、幸福啊。

失 孝

——

说起来，我一点都没料到，再过一年半载，到下一个新的农历十一月十三日，我的父亲就已别离开这个活生生的人世二十五周年了。实话说，二十五年来，我没有一次清晰地记起过哪一天是父亲的祭日；而二十五年前，我也没有记起过一次哪天是父亲的生日。当今天坐下写这篇老旧的记忆时，我把"农历十一月十三日"中的两个时数空在纸页上，寄望等以后问清填写时，盯着那两个空格，我才悔悟到对于父亲，我有多么不孝，才知道我欠下了父亲多少子父的情债。

二十五年前，父亲死后躺在我家老宅上房用门板架起的草铺上，我和哥哥、姐姐们守灵一旁，静静地望着不愿解脱这一切人生苦难的父亲，我决计等把父亲安葬之后，就为父亲写点什么，记叙一些父亲的人生和父亲对人生的热爱，浅表一点做儿子的孝心——哪怕只有三五百字。然果真到了父亲入土为安之后，我携着妻子，从豫西嵩县那个偏穷的田湖小镇回到豫东古都的一座军营后，随着工作，随着我新婚的一些喜悦和我对文学的痴醉热爱，在父亲灵前跪着的浓重许诺，都慢慢地散淡远离。偶尔地记起，我对失诺后良心上淡淡的不安也有自慰的解释：到三周年写吧，三周年是乡俗中一个大的祭日。可过了三年，忽然接到了哥哥的一封来信，说父亲的三周年已经过了，他和姐姐及叔伯弟兄们都去父亲的坟上添了新土，我这才有些慌手乱心，有些措手不及的疚愧。那一天在下班之后，在同事们都离开办公室之后，我独自坐在空荡荡的办公室里，把哥哥的来信放在办公桌上，望着冬日窗外的杨树和流荡在杨树枝条间叮咚的鸟鸣，听着偶留的枯叶在飘落时如擦肩而过的月光的声响，我的泪把哥哥的来信滴湿了好大一片。时间因泪水和不安在我的愧悔中缓缓过去，我就那么静静呆呆地坐着，悔思省过，愧疚不安，直到午饭之后，到了办公楼里又响起上班的脚步声，到了我年满两岁的孩子到办公室来唤我吃饭，我才从静静呆呆中醒明过来。

在从办公室回家的路上，望着鲜活的世界，望着走在路上充满生气的人们，我思念着父亲，不停地把头扭到一边擦着眼泪，不停地拿手在我孩子的头上莫名其妙地抚来摸去，不停地对自己说，待父亲十周年时，我若再不为父亲的一生写点什么，为父亲的死做点什么，我就不是他的儿子，我就不得好死！然而，又有许多年头过越之后，我依旧没有想起父亲是哪一天生日，哪一天祭日，也没有记起要为父亲写点什么、做点什么的心脆泪诺，和走在一条干涸的河旁，想不起那河道当年也有水流一样。很有可能，我把父亲的生命忘了，或者说，更多、更多的时候，我把父亲和他的人生从我的记忆中挤出去了许多许多，把父亲的生命、人生看得淡薄而又荒疏，甚至忘了我身上流的是父亲的血脉，是父亲给了我生命，并把我养大成人，育着我成家立业。

我想，人世倘若果真有报应和应验存在的话，那么，我对父亲一再许诺和一再失信，我应该得到什么报应呢？父亲会如何看待我这个儿子呢？会如我发誓的那样，让我得不到好的人生终结吗？会让我有朝一日也离开这个世界后，去面见他时永跪不起吗？

我想会的，因为我对他有太多、太深的不孝。

我想不会，因为我是他亲生、亲育的儿子。再说，今天——我已经坐下写了。坐下写了，我就可以通过父亲的生死，回来省悟这个人世，以直面我的善、我的恶和这个人世上所有生灵的生与死、所有物质的衰与荣，直面河水的干涸，直面树叶的枯落，直面所有的生命从我的生命中消失和再生，再生与消失。

病

——

父亲是病死的。

在那个几千口人的镇子上，几乎所有的人都知道我的父亲是病死的。哮喘病、肺气肿，直至发展到后来的肺源性心脏病。可是，仔细敲推想来，病只是父亲故逝的表层因由，而根本的、潜深的、促使他过早患病并故逝的缘由，是他对我们兄弟姐妹四个命运的忧虑。或者说，最直接的因果，是对我山高海深、无休无止的担忧。

事实上，我的执拗是父亲陈病复发的根本，是父亲年仅五十八岁就不得不离开人世，不得不离开母亲和我们兄妹的根本因果。换一句话说，父亲可能是——也许本来就是因我而过早地走完了他的人生，是因我而过早地告别了虽然苦难他却深爱的世界。

是我，缩短了父亲的生命。

回忆起来，我总是念念不忘，在那段无限漫长的年月里，我家和许多家庭一样，家景中的日月，都不曾有过太为暖人的光辉。那时候，"文革"开始前后，整个中国乡村的日子，都四季春秋地汪洋在饥饿中间。每年春节，吃不上饺子，或者由做母亲的把大门关上，在年三十的黄昏，偷偷地包些红薯面裹一纸白面做的黑白花卷馍儿，似乎并不止我一家独有。而在那个乡野村舍，属于我家独有的，是我反复要说、反复写过的——在父亲早年的哮喘病没有治愈时，我大姐又自小就患上的莫名其妙的病症。在我家那二分半的宅院里，大姐半青半红的哭声，总像一棵巨大蓬勃的树冠，一年四季都青枝绿叶，遮蔽得由父亲尽竭心力创造的日子，冬不见光，夏不见风。

现在想来，姐姐的病确实就是今天街头广告上常见的无菌性骨头坏死一类的魔症，然在那时，几十年前，在那个小镇的卫生院，在农村人视如灾难之地的县医院，在如同到了国外一样的洛阳地区的人民医院里，待耗尽我家所有能变卖的粮、菜、树和鸡蛋以及养育牲畜的家庭收入后，换来的依然是如出一辙的医生的摇头和查找不到病因的无奈。为了给姐姐治病，父母亲搀着大姐、背着大姐、用板车拉着大姐四处求医问药，不知走破了多少鞋子，不知走尽了多少途路，不知流了多少眼泪。把家里准备盖房的木材卖了，把没有长大的猪卖了，把正在生蛋的鸡卖了；哥哥十五岁就到百里外的煤窑下井挖煤；二姐十四岁就拉着车子到十几里外的山沟拉沙子和石头，按一立方一块五的价格卖给镇上的公路段和水泥厂；我在十三岁时，已经是建筑队很能搬砖提灰的小工了。

在很多年里，把父亲的病放在一边，给姐姐治病是我们家的日月中心。一切的一切，种地、打工、变卖和所有的东奔西簸、翻山越岭，都围绕着姐姐的病而喜而忧，而忧而愁。大姐手术时，因买不起血浆，父亲、母亲、大哥、二姐和我就站在医院门口等着抽血。我亲眼看着大哥的胳膊伸在一张落满苍蝇的桌子上，一根青冷白亮的针头插进他的血管里，殷红的鲜血就沿着一条管线一滴滴地落进一只瓶子里。那只空瓶里的血浆随着大哥的脸色由黝黑转为浅黄，再由浅黄转为苍白，便从无到有，由浅至深，到一瓶将满时，医生望着我大哥的脸色说，你们家的血型都合格，再换一个人抽吧。大哥说，我妈身体虚，父亲有病，还是抽我的吧。医生说，抽你妹的吧，你的抽多了身子就要垮了呢。大哥说，她是女娃儿，就抽我的吧。医生说，你弟呢？大哥说，就抽我的吧，弟还小，还要给人打工干重活。然后，医生就把插入血瓶里的针头拔下，插进了另一个空瓶里。

那是一年的冬天，太阳温暖洁净，照在血浆瓶上，瓶里的血浆红得透亮，浮起来的血沫和血泡，在玻璃瓶的壁面上缓缓起落，时生时灭。那一年我好像已经十四岁，也许十五岁，总之，我少年的敏感，已经对命运开始了许久的触摸和感叹，像出生在秋后的芽草过早地望着将要到来的冬天的霜雪样，不及长成身子，就有了浑身的寒瑟。盯着血浆瓶里的鲜血在不知觉中渐渐地增多，听着血液似乎无声而清冷的滴答和瓶壁上血泡在阳光里砰啪的明亮生灭，望着哥哥苍白如纸的脸，我在那一刻体会到了哥哥的不凡，也隐隐觉到了我一生都与哥哥不可同日而语的做人的品性。

那一年，大姐的病没有丝毫的好转。

那一年，春节前后的几日间，大姐为了给家里减些忧愁，添些喜悦，让父母和她的弟弟妹妹过个好年，她说她病轻了许多，然后就躲在屋里不出门，疼痛时，牙齿咬着下唇，把脸憋得乌青，也绝不哭唤出一点声音。到实在无可忍了，她就躲到我家后院和村外无人的地方，揪自己的头发，把头往墙上猛撞，然后待剧痛过去，她就面带笑容地回到家里，慌忙地替母亲做饭，替父亲盛饭，慌忙地去洗她弟弟、妹妹的衣服，好像要以此来赎回她的什么过错一样。

那一年，我家过了一个平静的春节。仍然用借来的小麦，在大年三十的晚上和大年初一的早上，父亲让我们兄弟姐妹放开肚子吃了两顿非常香口润喉的白面饺子。而那一年的春节，父亲吸掉的烟叶，却比任何一个春节都多，似乎他想把他一生要吸的烟都在那个春节吸掉一样。

就在那一年，我心里有了浓烈欲动的阴暗蓄意——也许是对逃避生活与人生命运的一种道路的提前铺设；也许是对一种个人挣扎奋斗的提早的力量积蓄；还也许，是我对家庭和父亲在今后日月命运中陷阱的无意挖掘和设置。总之，那一年，我萌生了离开家庭的念头，萌生了过几年我若没有别的出路，就一定要当兵走去的念头。

战　争

事实上，我所产生的不是念头，而是褊狭私欲的信念。念头可以随时被人说服或自己改变，而信念却只能被压抑而不会有所变更。读完初中的第一个冬天，当我踏入十六周岁后，我悄没声息、不动声色地报名验兵去了。回到家里，迎接我的是母亲涟涟的泪流和父亲轻淡却意重的几句劝解。父亲说："连科，你再读几年书吧，人生在世，读书才是根本。你命里即使有称宰做皇的运数，没有了文化，也就没有了久远的江山可坐哩。"这就是我的父亲，他单薄、瘦高，似乎脸上永远都是浅黄的泥土之色。他一生里不识几个字，在他儿女命运的途道上，从来不多说一句，不干预一手，然每每说出的只言片语，却都是乡下农民用人生命运反复实践后得来的悟道真言。

我按照父亲的指引又读了高中，并又按照命运的安排，在高中未及毕业时，去河南新乡水泥厂当了两年临时工，同我的一个叔伯哥哥一道，每天从火车站往二十里外的水泥厂拉一千多斤重的煤车，运将近两千斤重的河沙；以一天十六个小时的双班劳作，在无人的山上给水泥厂运炸矿石。我把我每月少得可怜的全部所得，除了吃饭的钱，悉数地寄回家里，由父亲去偿还为姐姐长年治病而欠下的左邻右舍和亲戚朋友的债和情谊。现在想来，我那时的按月所寄，可能是我家里的巨大希望，是维系家庭生存的强大支柱，是生活之舟渡过岁月之河的一柄可靠的桨板。至少说，它极大地减轻了一家之主——我父亲肩上的人生重担和负荷。可是，在命运告诉我，我有可能让父亲的朋友批准我参军入伍时，在我意识到我已经没有能力考上大学，已经二十周岁，再不当兵就永无机会离开那块苦难的土地去实现我的贪念时，我在一天夜里突然站在了父亲的床前。

我说："爹，我要当兵去。"

屋里静极。常年停电的灯泡吊在屋子中央被蛛网所罗织，煤油灯依然是那个家庭最为主要的角色。煤油灯光是一种浅黄的土地的原色，照在人的脸上使人永远都呈出病病恹恹、缺给少养的生活神情。我说完那话的时候，母亲从床上坐了起来，怔怔地望着我，仿佛看到了即刻间要房倒屋塌的景象般，她的脸上充满惊异，而又急剧跳荡着不可名状的忧虑。以为母亲要对我从来都没有忘记过的"离家"的念想筑埂拦坝地说些什么，可她什么也没说，只是把目光移山挪地样缓缓地沉拿到了父亲的脸上去。我听到了母亲挪动目光时那如山石从梁上滚下轧过田野的声音，看见了父亲抬头望我的那张蜡黄的脸上，除了额门上的岁月之河又深了许多之外，其余，父亲的眼、鼻和时常因激动而发颤的嘴角没有丝毫的变化。那几年，他的病不知是轻了一些，还是因为姐姐病重，显得他的病轻了。他坐在床头，围着被子，脸上的平静异常而深刻，听我说想要当兵去，如听我说我要出门赶集，要到姑姑、舅舅家小住几日样，只那么淡淡地看了我一眼，又淡淡地却是极度肯定地说："当兵去吧，总在家里能有啥奔头呢。"

想起来，这是父亲给我的一个庄严的应允，是一个似乎数百年前就深思熟虑过的答复。仿佛，为了这个答复，他等我的寻问果真已经等了百年之久，已经等得筋疲力尽、心力衰竭，所以他才回答得淡漠而又平静，甚至有些不太耐烦。

于是，我便当兵走了。

毅然地参军去了。

与其说我是参军入伍，不如说我是逃离土地；与其说我是逃离土地，不如说我是背叛家庭；与其说我是背叛家庭，不如说我是弃绝一个儿子应该对父亲和家庭承担的心责和情务。那一年我已经二十周岁。二十周岁的我，肩膀已经相当硬朗，不仅可以挑行一百八十斤的担子，而且已经可以把父亲肩上的全部灾难，都卸下来驮在背上。可父亲让我有了抵抗命运的力量之后，我便用这样的力量朝父母、家庭并不希望的方向背叛着狂奔去了。体检、政审、托熟人关系，终于我就领到了一张入伍的通知。

终于，我就穿上了那完全是我人生里程碑、分水岭一样的军装。

离开家是在一个寒冷的早晨，父亲最后给我说的一句话是："连科，安心去吧，家里塌不了天。"

父亲说家里塌不了天，可我走后不久，家里的天却轰轰然然地坍塌下来了。一九七九年二月十七日，被称作中越自卫反击战的那场南线战争爆发了。那时候，中国军队自中印边境自卫反击战以后，一二十年没有过新的战争，和平的气氛已经如大气层样结在十亿中国人的头顶。想起来，我是极其幸运和软弱的，在战争爆发一个月后，因为参加了一个原武汉军区的创作学习班，返回时途经郑州，转道回了家里。未及料到的是，那天落日正西，初春刚来，冬寒未去，在浅薄的一抹红光里，寒凉又厚又重。我是踏着落日入村，又踏着落日走进家里的。母亲正在房檐下搅着一碗烧汤的面糊，我大声叫了一声母亲，她冷不丁儿抬起头来看见我，面碗在手里僵了一瞬后，便"咣"的一下落在地上，裂成了许多碎片，雪白的面糊流了一地。

说真的，我不曾是优秀的士兵，也不是一个好的军人。我永远都不会渴望战争，更不期冀军人的建功立业。以我曾经有过二十五年军龄的服役感受来说，我是天真确凿地明白，军人忠于职守，是国家的幸运，却是人的不幸。这就是二十五年军旅生涯和战争给我的悟感和无法抹去的心灵图景。随着这幅图景的扩延，那天回家后，我看见我那都已白发苍苍的大姑、三姑和小姑，从屋里匆匆走出来。大姐、二姐也含着眼泪出来了。左右邻居也都匆匆地到了我家里。没有人不望着我含着眼泪的；没有人不望着我，脸上浮着我的意外归回所带来的激动和欣悦。我的父亲是最后从我家房宅的后院走将出来的。他步履缓慢，仿佛是一个老人，而那个时候，我父亲也才五十二岁，背就忽然有些驼了，原本瘦削的脸上，这时候瘦得宛若只有皮和骨头。看见我后，他脸上是震惊与兴奋的表情，可在那表情下面，则是掩盖不住的对我突然出现的一层担忧。

我不明白父亲会在两个来月里老成这样儿，原本乌黑的头发，骤然间雪茫茫地白了一片，且每走几步，他都要费力地站下来大口地喘上几下，如空气对他，永远也不够呼吸样。也就直到这时候，我才知道，在中越战争爆发的一个多月里，我家所有的老少亲戚，统共三十余口人，都回来住在我家，睡在又寒又硬的地上，吃大锅烧就的粗茶淡饭，一块儿收听广播里有关前线的消息，轮流着每天到邮局查问有没有我的来信，偷偷地去庙里，在各种神像的前面烧香许愿，为我祈求平安。而我的父亲，一方面因为战争对我的忧虑，一方面家里人多杂乱，于是，他彻夜不眠，夜夜起床，独自到后院的空地上，盯着夜寒通宵散步。

在战争持续的一个多月里，他在那阴冷的后院散步了三十多个夜晚。三十多个漫长的夜晚，后院潮润的虚土被他踩得平平实实，要逢春待发的草芽，又完全被他踩回到了地里去。终于，那缠绕父亲多年、好不容易有些轻愈了的哮喘病，在我当兵走后的一个多月，再次复发，而且愈发地严重起来。我没有想到，父亲的这次病复，会种下那样不可再治的祸根，会成为他在六年后故逝的直接原因。如果不是亲历，我将永远不会体会到，战争会给日常百姓投下那么巨大沉重的暗影；不会体会到，一个有儿子参军的父亲，会对战争与儿子有那样的敏感和忧虑。当父亲因此故逝之后，在这二十余年间，我无数、无数次地设想、幻化父亲独自在夜深人静之时，走动在那有三棵桐树、一棵椿树的我家后院。夜是那样寒凉，天空的星月是那样稀薄，为了不惊动他人，他漫动的脚步肯定要轻起缓放。那时候，他面对脚下千年平和的土地会说些什么呢？土地于他，又会有什么样的感慨和思忖？已经盼了一冬，春天蓄意待发的草芽，又要与我的父亲和我因逃离土地而撞上的战争说些什么呢？二月间，桐树没有吐绿，可喇叭似的粉淡的红花，已经开始了肆无忌惮的绽放，在沉寂的天空，花开的浅红的声响，是不是一个不识几字的父亲、纯粹的农民对深夜絮说的心里的呢喃？不消说，父亲在那寒冷的夜里，走得累了，走得久了，气管的病症使他需要停下来歇息一会儿，于是，他就静静立下，望着浩瀚的天空，希冀从寂静中捕捉到毫无可能的南线的枪声，捕捉到一点豫东那座他儿子所在的军营在战争期间的颤动。那时候，他想了什么呢？他深层的思考，哪怕是一些最简单的疑问，又是一些什么呢？不消说，母亲睡醒之后，看床上无人，会去后院找他。许多时候，母亲也会同他一起在那狭小的空院里走来走去；或者，母亲站在一边，望着父亲的走动，望着父亲在仰望着浩大无言的天空。这时候，这对多难的夫妻，我的双亲双老，他们会有一问没一答地谈些什么呢？关于战争，关于他们的儿子，关于他们眼中的人生、命运，及人生在世最基本的生存，还有生、老、病、死和他们儿女的婚姻，哪些是他们最深层、最直接，也最为简单的思考呢？

命　运

————

实在说，别人对命运和生死有那么多深邃的思考，而我的这一思忖，是这么浅薄和多余。可是，因为想念父亲，我还是常常会对此去重复着呆想傻念。而且这种呆想傻念，很像旧时人们说的乔张造致，很像今天人们说的装腔作势、扮秀演花。可是，不能不想，又想不出对命运有更为深刻、新意的解释，一如学生无法解释X或Y有什么意义一样。对这些呆想默思，如秋天到了，草叶即便年年飘落，景象重复，可也还是要复落再落。所以，我自己总把我的呆想傻念说成虚浮的深沉。

我重复地呆想，命运不是因果，命运甚至不含因果。命运是一种人生的绝对，是一种完全的偶然。缓一步说，命运是完全偶然中的因果，是因果中完完全全的意外；是因果之外的因果，是因果之外的偶然的生发，是一种完全无事的生非。饿了吃饭，没有粮食便必有饥饿，这不是命运，这只是人生。冬天来了便要下雪，因为没有火和衣服，人也就活活地冻死在某个冬季。这也不是命运，这是人生因果的一个注释。可是，你本来要往东边去的，不知为什么却到了西边，又踏进了一个坑

里、一个井里，腿便断了，人便残了，一生便不能娶妻生子、成家立业
了，这也许才含了命运的意味。你本来正在一座山下走着，手捏着刚领
到的结婚证书，边走边唱，为明天自己将入洞房的婚喜而高兴，可是，
可是突然从山上无端地滚下一块石头，不偏不倚地砸在了你的头上，你
便突然死了，告别了这个世界，结婚证书鲜红艳艳地落在一边，这才是
了命运，才是了人生中的命运。还可以举出许多这样的例子，如阳光下
突来的闪电雷击所生发的悲惨结局；如一位教授的一句逗乐的玩笑帮他
洞开了黑暗的狱门；再如一个行乞者凭空一脚踏出了金银元宝，他正怀
抱金银要美梦成真时，一柄寒刀却闪在了他的头顶。是否可以这样说，
人生是欢乐和苦难的延续，而命运是欢乐和苦难结束后的重新开始；人
生是上行或下行的伸展，而命运是左行或右行的改变；人生是一湖浅青
碧绿的水，而命运是无边无际、神秘莫测的海。或者说，人生是风雨
阳光中的草，而命运则是镰刀或牛羊的牙齿；人生是蚂蚁无休无止的爬
行，而命运则是突然落下的一只大脚；人生是稼禾的授粉或灌浆，而命
运是授粉或灌浆时的一场暴雨。

还可以怎样说呢？还可以这样说，人生是过程的话，命运则是人
生的结局，是结局后的结束或开始；人生是舞台上的戏文和演进的话，
命运则是大幕的启闭和戏文的始末、起转与承合。如果说，人生要靠命
运来改变的话，命运则不一定要靠人生来生发，它是无可阻拦的突发和
变故。

总之，人生是基础，命运是多与基础无关或相关的升华或跌落；
人生是积累，命运是多与积累有关、无关的延展和突变；人生是可以丈
测的深刻，而命运是不可估量的深邃；人生有许多悲剧，可也常常有着
喜剧，而命运则常常是悲剧，似乎永远就是悲剧。再或说，若人生是喜

悦的话，命运则是眼泪；若人生是了眼泪，那么，命运则一定是悲而无声的哭泣；若人生是温馨的哭泣，那么，命运一定是没有眼泪的仰天长啸；若人生是仰天的长啸的话，那么，命运一定是长啸前突然来到的死亡。

　　一句话，命运就是人生不可预测的悲喜剧的前奏或尾声，是人生中顿足的忏悔和无奈。

罪孽

———

　　无论如何，我的父亲是在战争期间病倒了，是因为我逃离土地的参军倒下了，而且很快由气管炎发展到了肺气肿。夏天还好，冬天则成了他的苦灾日，终日剧咳，甚至因为咳嗽、吐痰而一连半月不能有些睡眠。似乎不能把父亲的病归罪于南线的那场战争，似乎只能归咎于他的人生与命运。战争是什么呢？战争的形态实质就是灾难，而灾难就是平地生雷或晴天霹雳，百姓又如何能够预知呢？说实话，倘若我知道军旅的途道上等待我的是一场战争，我想我不会那么固拗地要逃离土地去参军服役，不会把一个儿子应该承担的担子义无反顾地全都放到父亲的肩上去。

　　这样儿，剩下的问题就非常清楚了：我完全可以不去服役，完全可以同成千上万的兄弟姐妹一样在土地上耕种与劳作，可是我为什么要去呢？我不去，父亲会在基本病愈多年后复发他的旧疾吗？不复发旧疾，他会在五十八岁就离开这个他苦苦留恋的人世吗？父亲的病疾和故逝，如果说是他的命运造成了他这样的人生，那么，他的命运又是谁给造成的？我在他凄悲、苦难的命运中，是个什么角色呢？起了什么作用呢？这些一目了然的答案，在父亲患病之时和故逝之后的最初年月，我很少认真地去想过、思忖过。事实上，是我没有胆量去思考这些，是我害怕我必须承担的责任和过错，会赤裸裸地摆在我面前，像学生总是不去看老师在作业上改错后的红笔批注样，我总是绕开这些最直接、简单的问题，以能有的"孝行"来弥补——实际就是遮掩我一生都无法弥补的过错和罪过。

早先，我在哥哥给家里装电话之前的十几年里，保持着每月给家里写两封信的勤勉以报平安；现在，通信发达了，我则每隔三天两天，都给母亲打个长途电话，说些清淡的闲话，保持着那种看似平淡无奇，实则必需的通话联系。离开家乡、离开土地长达三十年，每年春节，我都千方百计要回家过年，哪怕当战士和刚刚提干的时候，纪律如铁，我也总是假词理由，要在过年时回家陪着母亲熬那大年三十的传统除夕，偶遇实在不能回去过大年初一时，也必要回去过个初五或正月十五。早先时，我回家的其中一件必行之事，是把当年我写的那一大沓儿母亲整整齐齐收好的报安信件撕毁或烧掉，以免积得过多，被人窥出那其中形式大于内容，甚至有时虚浮大于实在的隐秘。我在拿每月六元、八元的津贴时，每三五个月给家里寄一次钱，在提干之后，每月领了工资，除去伙食与仅有的零用，也都如数地全部寄回家去，以供父亲吃药和疗病。按理说，老天爷总是睁着眼睛的，似乎连他睡觉时，也许都还总睁着一只似公不公的眼。这样，他害怕我家的苦难过多而累积成一种爆发的灾难——因为灾难总意味着一种结束和重新开始，所以他让我大姐饱尝了十七年病苦后缓轻下来，继而，又让我们兄弟姐妹，如接力赛样又开始疯跑在为父亲求医问药的人生道路上。

那时候，大哥已经是每月二十六块八工资的邮电局的临时投递员，他每天骑车跑几十公里山路投信送报，吃食堂最差的菜，买食堂最便宜的饭，有时候，索性一天只吃早晚两餐，把勒紧裤带节余下的钱送回家里；大姐因身体虚弱，被照顾到小学教书，每月也有十二元的民办工资；二姐除了种地、帮母亲洗衣烧饭，也不断去拉沙运石，跟着建筑队干一些体力零活；母亲，还有我的母亲，她比她的任何一个儿女都更多地承受着几倍的物质和精神上的压力，上至下地耕作，下到喂猪养鸡，外到每个儿女的婚姻大事，内至每天给父亲熬药倒痰。可以说，父亲的生命，几乎全都维系在吃药和母亲的照料上。所以母亲每天少言寡语，总在默默地承受，默默地支撑。母亲粗略地核计了一下，在二十世纪八十年代初的那几年，父亲如果哪天有五至六元钱用于药品，那一天父亲的日子就会好过些，如果没有这五到六元钱，他就难熬那一天因我的逃离而留给他的苦难。可在那个年月，每天有五六元钱，又谈何容易呢？加之大姐、大哥的婚事，住房漏雨需要翻修，吃盐烧煤的日常开支，家里的窘境，其实已经远远超过大姐病重的时候。

一九八二年冬，父亲的病愈发严重，那时我已经是个有四年服役期的老兵，是师图书室的管理员，在家里窘到极处时，父母想到了我，想到了部队的医院。这一方面，因为部队医院隐含一定的神秘性；另一方面，也是考虑到部队医院可以周旋着免去医疗费。于是，我请假回家去接了父亲。记得是哥哥把我、父亲和母亲送上了一百多里外洛阳至商丘的火车。火车启动时，哥哥在窗口和我告别说："父亲的病怕是不会轻易好了，无论好坏，你都要让父亲在医院多住些日子，是医院都比家里要好。"哥哥说："让父亲在医院多治多住，就是有一天父亲下世不在了，我们弟兄心里也可以少些内疚。"我正是怀着少些内疚的心情回去接的父亲，可天黑前下了火车，到师医院的门口，父亲突然把我叫住，把母亲叫住，说："我从生病以来，没有正经住过医院，这部队的医院正规，设备好，技术也好，咱们火车、汽车，跑了几百里的路程，又没钱付账，如果人家不让住，你们都给医生跪下，我也给医生跪下。"

当下，我顿时哭了。

我知道，师医院远不如一般的农村县医院的技术和设备，知道父亲的病虽不是恶症，但也是难愈之症，之所以要到千里之外的部队医院，更多的考虑是可以免费。那一刻，我擦着眼泪说："爹，都给医院说好了，来就能住的。"然后，我把师文化科长帮我在师卫生科开的"需要照顾住院"的介绍信拿出来给父亲去看。父亲望着那信，脸上有了一层兴奋，挂着笑说："想不到能来这里住院，说不定我的病就该好在这里，要那样，你这辈子当兵也就值了。"

不消说，父亲是抱着治愈的极大期望来住院的。在最初的半个月，因为医院嘘寒问暖，因为他的精神也好，病似乎果然轻了。那半个月的时光，是我这一生回忆起来最感安慰、最感温馨的短暂而美好的日月。因为，那是我这辈子于父亲唯一一次孝敬床头的两个星期。每天，我顶着北风，走四五里路去给父亲送饭，一路上都哼着戏词或歌曲。一次，我去送夜饭时，父亲、母亲不在病房，而我在露天电影场找到了他们，见他们在寒冷里聚精会神地看着电影，我的心里便漫溢过了许多欢乐和幸福，以为父亲的病果然轻了，慌忙给哥、姐们挂了长途电话，把这一喜讯通告他们。父亲也以为他的病有望再愈，在看完电影回来之后，激动而又兴奋，说他多少年没有看过电影了，没想到在冬天的野外看了一场电影，也才咳了几次。

　　然而，三天后下了一场大雪，天气酷寒剧增，父亲不吃药、打针就不能呼吸，而打针、输液后，则呼吸更加困难，终于就到了离不开氧气的地步。于是医生就催我们父子尽快出院，一再地、紧锣密鼓地催促着出院，害怕父亲在医院的床上停止呼吸。父亲也说："不抓紧回家，怕老在外边。"这就结束了我一生中不足一个月的床头尽孝、补过的日子。

　　回到家，农村正流行用十六毫米的电影机到家庭放电影的习俗，每包放一场十元钱。电影是当年热遍天下的《少林寺》，我们一家都主张把电影请到家里，让父亲躺在床上看一场真人能飞檐走壁的《少林寺》。看得出来，父亲也渴望这样，可把放映员请到家里时，母亲又说："算了吧，有这十块钱，也能让你父亲维持着在人世上多活一天呢。"这样儿，我们兄弟姐妹面面相觑，只好目送着那个放映员和他的影片，又走出了我家大门——这件事情，成为我对父亲懊悔不迭的失孝之一，每每想起，我的心里都有几分疼痛。给父亲送葬的时候，我的大姐、二姐都痛哭着说，父亲在世时，没能让他看上一场（仅一场）他想看的电影，然后她们都以此痛骂她们的"不孝"；我看见哥哥听了这话，本已止哭的脸上变得惨白而又扭曲，泪像雨柱样横流下来。于是，我就知道，这件事情在我哥哥和大姐、二姐心里，留下懊悔的阴影也许比我的更为浓重。

　　而独属于我的顿足的懊悔，则是在一九八四年国庆，我没有给新婚的妻子买一套衣服，没有买一样礼物，我用借来的一百二十元钱打发了我的婚事，打发了妻子一生仅有一次的婚姻。当我领着毫无怨言的妻子第一次回家看望父母时，正赶上中秋突来的暴寒阴雨，父亲突然病危，使家里一天一夜慌乱不止，请医抓药，输氧熬汤，一家人不敢离开病床半步。那一夜阴雨刚过，天空有些放晴，我家上空的星月清冷而又稀薄，屋子里充满了寒凉和对父亲的担忧，大家连走路说话都慢步轻声，似乎生怕惊了父亲微弱的呼吸和细弱的魂魄。

终于到父亲的病情有些缓解，大夫把我和母亲叫到另外一间屋里，说父亲的身体太虚太弱，需要一些贵重药品的滋补。问："家里还有钱吗？"母亲摇头。而我这时把头深埋在自己怀里，很久没有一句言语。望着我们一家，大夫长叹一声，以他特有的职业语气说："只要二叔（我父亲）活着，你们家怕不会有好日子过；你们家要日子好了，二叔也能多活几天。"不知道这位在父亲生病期间尽心尽力的乡村大夫，那时候是对父亲生命将尽的判断，还是对我家——世界上一个普通农民家庭生存的一种总结。说完，他们就又到父亲床前去了，而我却不知为什么站在那儿没动。站在那儿，脑子里嗡嗡嘤嘤，似乎从大夫的话里，预感到了一种不祥。

说不上在那儿站了多久之后，我独自从屋里出来，孤零零地立在寒夜里，抬头望了一下冰色的天空。突然，我的脑子如天裂样划过一个念想，那可怕的念想如流星样一闪而失，带着轰鸣，带着剧烈的光电，在我的头脑砰然地炸响——我一点都不知是为什么，完完全全是猝不及防，我脑子里又重复了半句大夫说过的话："只要二叔活着，你们家怕不会有好日子过……"我如果把大夫那一句话重复完整也就好了，如果把这话里存储的别的含意想想也就好了，可当时，那半句话在我脑际戛然而止，如冰冻样结了我的脑际。明确说，停在我脑里的不是那话，是那话最直接的含意——"只要父亲在世，我们家（也许就是我）就不会有好日子过。"或者说，那含意就是我对父亲故逝的一种预盼，对父亲长年有病受到拖累的一种厌烦，一次逆子私欲的无意识表白。那时，当我立马意识到我脑里闪过大夫那半句话里，似乎有"我希望父亲早一天离开人世"的含意时，似乎"想以父亲的死来换取我们家（我）的好日子"时，我顿时木呆震惊，身上有了一阵冰冷的哆嗦，叮当着从我头上朝脚下轰鸣响去。仿佛害怕父亲能够听到我的念想，害怕母亲和哥、姐们突然出来，看见我内心的罪过和卑劣，我慌忙从院落往宅后的空院躲去。

那所空宅院落里，那所父亲在我当兵后因每夜走动而再次染疾的空院里，潮湿而阴暗，寂静而神秘。落叶净尽的桐树和椿树，淡影婆娑，梢叶微动；浓厚的湿气和腐气，有声有响地在空院里滚去滚来。立在那空院的中央，我仿佛被孤零零地推到了寒夜里无边无际的山野或海的中间，浑身都漫溢着孤独和寒凉。想着我那一瞬间产生的卑劣、罪过的念想，为了惩戒我自己，我朝脸上狠命地打了一耳光，接下来，又用右手在我脸上、腹上、腿上往死里拧着和掐着……

然而，一切都来不及了。老天好像要让我给我自己的心灵上留下永久的惩罚样，他行施了他权力中的召唤和应验，在我对我父亲有了那一念之间的罪恶想法的两个月后，便把我的父亲召唤去了，让我的父亲，永远地离开了母亲，离开了我们兄弟姐妹和他的那些如亲子样孝顺的侄男和甥女，及他苦恋着的这个活生生的人世和乡村。

清　欠

———

　　现在，可以清算一下我所欠父亲的债务了。

　　可以由我自己对我自己实行一次良心的清洗和清理了。先说一下我没有花那十元钱让父亲看一场他想看的电影《少林寺》。当时，我身上是一定有钱的，记得回到豫东军营以后，身上还有十七元钱。就是说，我完全有能力挤出十元钱，包下一场电影，让父亲生前目睹一下他一生都津津乐道的"飞檐走壁"的那种神话和传说。为什么没有舍得花那十元钱呢？当然，是小气、节俭和当时的拮据所致。可是，更重要的是些什么呢？是不是从小就没有养成那种对父亲的体贴和孝爱？是不是在三岁、五岁，或者十几岁时，父亲倘若从山上或田里收工回来，给我捎一把他自己舍不得吃的红枣，或别的什么野果，我都会蹲在某个角落，独吞下肚，而不知道让父亲也吃上一颗两颗呢？

　　我想是的，一定就是这样。因为在我参军以前，我从来没上街给父亲买过一样吃的，一样穿的；甚至，从田里回来，也没有给父亲捎过一穗鲜嫩的玉米。我倘若不是那种私欲旺极、缺少钟爱他人之心的人，在有能力给父亲花十元钱的时候，我为什么没有去花呢？人总是这样，在来不及的时候才明白，在不需要的时候才会大方和慷慨，在一片推让中才会无私和慷慨。毫无疑问，我也是这样的人，是那种天冷了首先要自己穿暖，天热了首先要自己站在树荫下面的人。这样的人，无论对谁，包括自己的血缘父母，都有一个先己后他的顺序，先己时不动声色，后他时张张扬扬，而且张张扬扬还在先己后他的掩盖之中。仔细想想，我确凿就是这样。当时没有替父亲包下那一场电影，最为直接的原因就是没钱，可没钱为什么回到部队后，身上还余有十七元钱呢？如果自己自幼就是那种爱父母胜过爱自己，是那种肯把父亲的吃穿、喜好放在自己心上的人，我会不包那一场电影吗？为什么到了父亲死去之后，才来懊悔这件事情呢？这不也正是要给自己冰冷了的善、爱穿上一层棉衣吗？把自己善、爱的燥热，表白着放在浓荫下的风口朝四处张扬吗？至今我都认为，一个人可以对他人在任何方面缩手退步，而绝不能对自己的父母、对一切与自己有血缘关系的兄妹、子女，在任何时候退步缩手，哪怕是死，或去流血。然而，我却没有这样去做着。

其次的第二笔欠单，就是自己执拗地服役，执拗地逃离土地，从而在别人以为一切都合乎情理中改变了父亲的命运，使父亲愈疾复发，六年后就别离了这个他深爱的世界。这是我永生的懊悔，永生又可以用许多生存、前途和奋斗的理由来搪塞、来辩白的事情。正是我自己总是这样搪塞与辩白，正是不敢直面、正视我的行为是导致父亲过早下世的根本缘由，也才出现了父亲死前不久，在我头脑里下意识的"只要父亲活着，我们家（我）就不会有好日子过"的罪恶的念想。这是我对父亲的第三笔欠单，是无可辩白的罪孽。甚至，是上天行使应验的权力，召回父亲的最好依据。

那么，我的父亲，他在生前知道这些吗？他先我们一步体验了生，又体验了死，他死前究竟想了什么呢？人们随时可以体察生的感受，却永远只能揣猜死的含义。死亡，到底是一种对生的惩治，还是对生的超度？也许，既是惩治，又是超度；也许，既不是惩治，也不是超度，仅仅是一种单纯的结束。有的人，享尽了人间富贵，因此他才留恋今生，恐惧死亡；也有的人，正因为享尽了拥有和富贵，他才能与死亡谈笑，面对结束如超度一般轻松与自如。还有一种人，因为受尽了人生的苦难，才体味到了死是一种真正的新生，才真正地把死亡视若超度而企盼，而实践。

可是我的父亲，他既不是前者，也不是后者。他留恋人生，是因为他受尽了苦难；因为他受尽了苦难，他才加倍地体味到了生的意义和生中的细微的欢乐。春天，他可以把口罩戴在脸上，坐在温暖的院里，抵抗着最末一丝的冬寒，望着门口行人的脚步，以此恢复他在病中忘记的乡村的模样和记忆；夏天，他可以在门口、村头、田野慢慢地走动，观看庄稼的生长、鸡狗的慵懒，以此来重新感受这世界的存在，和存在的温馨；秋天，他可以坐在避风的哪儿，守着母亲淘晒的粮食，望着从天空南飞的雁阵，慢慢回忆他种过的田地、收过的庄稼和他纯属农民的人生与经历；就是到了冬天，到了他人生的寒冬，北风呼啸，他呼吸困难，也可以围着侄男侄女为他生的火炉，或躺在床上母亲和姐姐们特意为他加暖的被里，端着我那知情达理的嫂子为他熬的汤药，望着方方和圆圆，他的一对同岁的孙女和外孙女，看她们嬉戏，看她们争吵，借以享受亲情和血缘所带来的天伦的欢乐。

他为什么不留恋这个世界呢？地里的田埂还需要他去慢慢地打上一段；邻里的争吵，还需要他去说和与调解；子女们成家后的生活烦恼，也还需要他坐下去劝导与排解；就是孙子、孙女、侄孙、侄孙女们，也还需要他拉着他们在门口玩耍着长大。他真的是没有过早离开这个世界的理由，没有不留恋这个世界的理由。对父亲来说，对一个农民来说，只要活在这个世上，能同他所有亲人同在一个空间里生活和生存，苦难就是了享受，苦难也就是了欢乐。我的父亲，他清明洞白了这一点，体会了这一点，因此，他把死亡当作了上帝对他的惩戒，可又不知道自己本分、谨慎的一生，究竟有哪儿需要上帝的惩戒。所以，知道自己将别这个人世时，他长时间地含着无奈的眼泪，最后对我的哥哥用企求的口吻说："快把大夫叫来，看能不能让我再多活一些日子……"对母亲最后的交代，也就是了他的遗嘱。他说："老大、老二媳妇都在城里工作，都是城里的人，可我们是农民，在乡下惯了，我死后你就一个人在农村过自己的日子，到城里你会过不惯的，过不好的……"而父亲对我说的最后一句话则是："你回来了？快吃饭去吧。"

这是一九八四年农历十一月十三日的中午，我在前一天接到父亲病危的电报，第二天中午和妻子赶回家里，站在父亲的床前，他最后看了我一眼，眼眶里蓄满泪水后，对我说的最后一句话，也是对这世界说的最后一句。仿佛就是为了等我从外地回来说下这一句，仿佛就是父亲不愿和我这样的儿子相处在同一空间里，所以父亲刚刚说完这话不久后，他就呼吸困难起来，脸上的凄楚和哀伤，被憋成了青紫的颜色。这时候我便爬上床去，把父亲扶在怀里帮着大夫抢救，可当父亲的头倚恋在我胸口的时候，当父亲的手和我的手抓在一起的时候，我的父亲便停止了呼吸，把头向外猛地一扭，朝我的胸外倒了过去。然后，他把抓我的手也缓缓松开，两行凄清的泪水便从眼里滚了下来。试想想，父亲不留恋这个世界，他会在他生命的最后流出那凄清的泪水吗？可留恋这个世界，他为什么又要走了呢？走前为什么要把头从我的胸前躲出去，要把抓住我的手松了开来呢？这一切，不都是因为他的头贴在我胸前时，听到了我心里曾经有过的"只有父亲下世，我们才有好日子过"那一瞬恶念的回音吗？

将人比物说——世物中有种昆虫，在生下儿女之后，要以自己的血肉之躯为食粮，来把儿女从幼年养育至成年。这样喂养的生命景观，展示了什么样的生命意义呢？还有一种毛色暗淡的狼，有食时可以与父母共同享用，然只要七天饥饿，四处找不到食物，它就要把年迈的父母残酷地吃进肚里，而做父母的这个时候望着儿女把自己咬得鲜血淋淋，也不会吼叫与还口。想一想，我是不是那蚕食父母的昆虫和以年迈的父母为食的残酷、饥饿的野狼呢？即便不是，身上不也藏着那样的恶端品性吗？从不花十元钱去为父亲包一场电影那样的日常细节，到一味地要逃离土地，因此改变父亲命运的执拗行为，再到敢于产生恶念的内心，我到底算一个儿子吗？算个儿子又是什么样的儿子呢？是不是我在经过了这次忏悔和清理之后，面对父亲，我就能经得起良心的最后质询呢？我不止一次地想过、算过了，我欠父亲的债务不是钱，不是物，而是因恶而欠的生命和命运。算一算，我的大伯活了八十二岁，我的三叔也已将近八十岁，去年故去的四叔，死时也已六十九周岁。以他们弟兄的平均年龄来核算，我父亲的生命如果应该有个平均值，那么，他至少应该活到七十五到七十六岁，可是，父亲死时却只有五十八周岁。这样说，我所欠父亲这十八年的生命债务，我如何才能偿还呢？村里有人和父亲是同样的病，同样的病症也活到了七十六周岁，如果父亲这样的疾病没有因我而发，焉何知道他就活不到七十六岁，活不到八十周岁呢？

结　去
——

　　现在，父亲坟上的柳幡都已长成了树木，二十多年的时间里，生活中发生了许多事情，唯一不变的就是父亲的安息和我对父亲永远不能忘记的疚愧与想念。不用说，父亲安静地躺在阎姓的祖坟中，是在等着他儿子的报到和终归。安葬父亲的时候，我的大伯在坟上规划坟地位置时，把他们叔伯弟兄四个的安息之地划出了四个方框后，最后指着我父亲坟下的一片土地说："将来，发科（我哥哥）和连科就埋在这儿吧。"

　　现在，我已经明明确确地知道，在我老家的坟地里，有了一块属于我的界地和去处。待终于到了那一天，我相信我会努力去做一名父亲膝下的儿子与孝子，以弥补父亲生前我对父亲的许多不孝和逆行。

　　别的话，没有什么要说了。

第五辑

真情难摧，为何难追

生养了儿女，就要让他们尽可能地吃得饱一些、穿得暖一些，让他们在生长的阶段里，能读一些书，并尽量不因为饥饿，影响他们的发育和成长，这是我的父辈在那个年月里的人生信念和活着的目的与目标。

人　物

———

　　毫无疑问，我的大伯是个农民。可他在我心里，却绝然地是个人物。从生命与生存而言，这个人物堪说伟大，或者杰出。

　　每每见到我的大伯，或在他死后想到他的音容，我常有一个念头：倘若大伯不是一生都为生存和子女们奔波缠绕在那块土地上，倘若他有机会和那些投奔延安的革命者一样，远走几步，汇入那场革命的洪流，我想，以他的秉直和勇气，以他对生存和生命的认识，那是一定能被洪流卷铸成师长或者军长的。

　　如果再识字，大伯的前程更是无可限量的。

　　我没有想到过父亲的前程会是什么样，但我总是想，大伯在我家乡那块土地上，生儿育女，日夜劳作，而最终让病魔缠身，消亡在那贫薄繁乱的一隅，实在委屈了大伯的生命和性格，委屈了他的才能和活着的韧性与坚定。

织洋袜

———

　　小时候，记忆最为深刻的，约是二十世纪六十年代初，大伯家里有八个孩子，六男二女，加上大伯和我大娘，是十口之家。那时候，中国刚从所谓的"三年自然灾害"中一梦醒来，大伯就开始忍着饥饿，挑着他的织洋线袜子的机器，到山区去大步小步，走街串巷，在一庄一街的村头，在一户一户人家的门口，放下他那为生存而沉重的担子，擦着额门上的汗珠，扯着喉咙高声大唤：

　　"织袜子啰——"

　　"织洋袜子啰——"

　　不知道大伯是如何领着我的大娘和他们一溜儿的子女，安然地度过"三年自然灾害"的。村里的老人们常常向后人述说，他们因为饥饿去村头挖吃黄土的人生；说他们如何用斧头菜刀，去剥砍树皮熬汤的经历；说村里每一个脸和双腿首先浮肿的人，腿上脸上，都如塑料薄膜的袋子装满了水；说山坡上饿死的死尸，几天间无人抬动，活生生地僵在荒野，天空中盘旋的饿鹰，常会俯冲下来，去那人尸上啄食。

现在，我的大伯已经去世了三年。八十岁的大娘，也因糖尿病和小脑萎缩等，变得沉默于世，言语不清。我后悔，没有在还来得及时，去寻问他们在那特殊的三年岁月里，是如何带着一群孩子，熬过了那整个中国都在超越极限的极度饥饿中的一千多个日日夜夜。我想，我错过的不仅是一场纪实的答问，一定还是一个泱泱大国的农民为了生命和亲情，用活着的信念去抗争饥饿与死亡的一部生命的史诗。而今，我的脑海里没有多少大伯为他和一家人活下去而抗争和忍耐饥饿的画面与细节，但总是响着大伯那沙哑而洪亮，为了一家人活着，并尽力让子女们吃饱肚子，在山脉上和无数村头的大叫：

"织袜子啰——"

"织洋袜子啰——"

大伯的那架由许多齿轮、钢架、挂针、挂锤和摇把组成的机器，只要把机织的纺线四通八达、有秩有序地缠缠绕绕，绞动摇把，就能织出大大小小、长长短短的袜子来。因为那机器源自外国人的发明制造，因为织袜子的白线必须是机织的洋线，而非乡村民间的那种笨机的手纺线，所以那织袜机就叫了洋袜机，那袜子就叫洋袜子。随同那时被称为"洋"货的，还有洋火（火柴）、洋钉（铁钉）、洋灰（水泥）、洋车（自行车）、洋镐（铁镐）等一系列与外国人相关的日用品，因为一个"洋"字，就有了时尚和品质，有了与众不同的风尚和气度。也所以，大伯织洋袜子的机器和手艺，自然是远近闻名，遐迩知晓，他不仅每年冬天都挑着担子到东西两山的深皱中，为那些连买个铁钉都要跑几十里山路的农民织袜子，就是到了年关将近，他不跑山里，也要把那机器架在村头或者大门口，为路人和同村的邻人们织些白筒洋袜子。

当然，给同村人织袜子，大伯一般是不收费用的，也不要任何别的物换与报酬。他所收的或还的，只是世间人情和乡里之间为生存彼此的扶帮和照应。只有到了陌生的路人织袜时，他才收取些微的零用以补年关的家缺。

我替大伯绞过那织袜的机把儿，沉重沉重，叽叽作响，织一双袜子下来，胳膊便有了胀裂的酸疼。可是，大伯却用他将近十年的时间，挑着那副担子，绞着那沉重的把儿和他与子女们生命存活的本基，每次天不亮就挑着机器出村，三天五天后的落日时分，又挑着担子回到村子里。

大伯离开村子时，担子的一边是那沉重的机器，一边是较轻的洋织白线和他的粗谷干粮。因为这轻重不均，他的扁担在肩上就总是一端要长些，一端要短些。然而大伯回来时，他的担子有些均衡了，扁担的中部差不多移搁到了肩膀上。原来一端的那些白线没有了，干粮也尽了，可装干粮、白线的布袋里，会装上半袋黄玉米、红薯干和一些大豆、绿豆什么的——这是他为人织袜子的换取和报酬，是我那些叔伯哥哥、弟弟、妹妹的口粮和生存。然而我和我的叔伯兄弟及姐姐妹妹们，那时并不怎样看重那条帆布袋里的粮食与杂谷，而是更为切切地看重大伯用手捂着的他的上衣口袋里的东西。

尤其是那时的我。

大伯多是在春秋天穿一件有许多补丁的黑夹袄，在寒冬腊月里穿一件棉花已经变污的旧棉袄，那棉袄的套棉总是因破洞而露在棉袄外。可大伯那挑着的布袋却总是没有烂，里边的粗粮和杂谷，大伯也从来没有让它们掉出过一粒和一片。大伯的棉袄口袋是经常要破的，然大伯一发现口袋破了，就让大娘抓紧缝。什么都可以破损出漏洞来，但那棉袄口袋是一定不能的。因为每次大伯出门几天回来时，一定会给他的儿女和我们这些他的侄男甥女捎回一些好吃的。那好吃的就总是装在他的棉袄口袋里。

好吃的一般都是以下几样今天已经见不到的食品和糖果：食品是一种黑硬却又发脆的面饼干；糖果有两种，一种是用油糖纸包的小糖儿，一种是白色糖豆儿。糖豆儿和今天的黄豆样，雪白色，圆圆的，装在大伯的口袋，如装着一袋人生甜味的药粒儿。大伯在外出三天后，我们就开始惦记大伯了，惦记大伯口袋的糖豆儿了。三天后的落日至黄昏到来的那段时光里，我大娘总是站在她家门前的路口上，把手棚在额上瞅着等大伯。

第三天没有回。

第四天没有回。

第五天的那个时候，太阳暖黄，村头上铺着落日和枯色，大娘在村口等大伯，但第一个看见大伯回来的，一般不是我大娘，而是我们兄妹中的哪一个，是想糖豆儿或饼干想得有些急不可耐的我的哥们和弟们。谁在哪儿唤一声"大伯回来啦——"，大伯就果然回来啦，疲惫地挑着担子，拖着身子，从村外走进村里面。可在他走进村里时，看见他的一群孩子和一群侄男甥女时，他虽然疲惫无力，却是脚步加快了，脸上有了光色了。他朝我们走，我们朝他迎。就把大伯围在路中央，他便从口袋摸出一把糖果或是糖豆儿，种瓜点豆般，朝一片伸出的又脏又小的手掌上，一个一个地放着或分着。

我每次都把手伸在那一片小手中，每次都能不虚此行地得到我想吃的糖果和糖豆儿。大伯把糖果和糖豆儿分完了，发完了，我们都如获至宝地品味着那糖豆、糖果和生活。大伯便脱掉他的一只鞋，席地坐在鞋上看着我们这些他的孩子、侄男甥女，看着我们把那些糖果吃完后，将糖纸叠成各种各样的三角或方块，再或把糖纸当成蝴蝶和蜻蜓，用嘴吹着，用手赶着，让那些糖纸在落日的天空下，五颜六色地翻飞和起舞。这时，是大伯最感温暖，也许是最感人生意义的时候吧。他端端正正地坐在村口，坐在土地上，坐在人生中，脸上的喜悦和光色浓淡相宜着，任你有多少疲劳和尘土，也盖不住他那时的兴奋和惬意。

大伯爱生活，爱孩子，爱他的一群侄男和甥女。他每次分糖果、糖豆儿和黑硬坚脆的饼干时，都要先看一眼他身下的孩子们，依着血缘的关系，虽然每个孩子分的都是一样多——糖果是一个，糖豆儿是两粒，饼干是一块，可他分配的顺序却是经了深思深虑的。他总是先分给他远门的侄男甥女和邻人的孩子们，再分给他近门的侄男甥女们——主要是我和二姐及我叔家的孩子们，最后再给他自己亲生的那些孩子。因为每次分配都不够，往往到最后没有糖果食品了，我们欢天喜地地吃着和闹着，我大伯家的那些孩子——我的至亲的叔伯兄弟和妹妹们，就只能眼睁睁地看着我们吃，看着我们闹，看着我们把那彩色的糖纸，吹着捧着在那天空里纷飞和舞蹈。

后来，每次大伯回来，我都不再挤着身子去要那些糖果、糖豆儿了。因为，我终于每次都窥视出一条规律来：大伯带回来的糖果和糖豆儿，从来没有够分过。而最后必须有人不吃的，就必然是他的那些亲生的孩子——我的那些叔伯兄弟和妹妹。于是，每次再分糖果、糖豆儿时，我就和这些叔伯兄弟站到一块儿，等待最后的分发和缺无。

有一次，果然是人头和小手没有分完就没了。我和大伯家的孩子们站在一块儿，看着别人吃，看着别人把糖纸放飞在半空，如放飞的巧小的风筝般，不知为何眼里竟就含了委屈的泪。这时大伯看见了，过来摸着我的头，摸着我的脸，像他做了一件最为对不起我的事，竟然也自己红了眼圈儿，用喑哑的嗓子在苦笑中对我郑重地说："下次大伯回来，在街上多买些糖果，最先分给你。别人不吃也最先分给你。"

偏　爱

——

那一年，我上学读书了。

成了学生，可依然惦记着大伯每次出门织洋袜子回来时，会在街上的商店买些糖果、糖豆儿放在他的口袋里。然而，他是第三天回还是第五天回，那是没有确准的；是落日时到家还是黄昏前出现在村口上，也是没有确准的。

渐渐地，因为上学读书，我就吃不上大伯的糖果、糖豆儿了。

我似乎忘了每过几天大伯会给我们分发糖果、糖豆儿的事。可是有一天，在我放学踢着路边的石子和弹着手里的玻璃球儿回到村头时，忽然看见一群人云集在路中央，大伯织洋袜子的机器放在路边上，它沐浴着落日的余晖，像一尊生活的纪念碑。

我慌忙朝那人群走过去。

走过去，我又怯怯地站在了人群边。我想起我是一个读书的学生了，似乎不该去争吃那些本不够分的糖果、糖豆儿，便木然在那一片伸在半空的小手外。这时候，大伯看见了我，看见了我背在肩上的小书包，他拨开那片小手儿，走出他的侄男甥女和他亲生的比我更小的几个孩子围成的人圈儿，到我面前说："你上学读书了？"

我朝大伯点点头。

大伯说："好好读。大伯不识字，在外边织袜子时，连算账都要想半天。"

说着话，大伯把他口袋里全部的糖果、糖豆儿和饼干，都掏出来用手捧着给了我。看我的小手盛不下，他又从我头上摘下我的帽子，把那些糖果、糖豆儿，一粒不剩地放进我的帽子里，让我捧着帽子回家了。

那一次，我一人拿走了大伯给许多他的至亲子女买的糖果和糖豆儿，花花绿绿，能盖住我的帽子底。走出那一片我的兄弟姐妹艳羡和妒忌的目光时，我没有回头望一下，也没有打算要分给别人一颗或一粒。我知道，那是因为我上学读书，成了学生，大伯给我的，完全属于我一人的，属于读书了的一个学生的。我要慢慢地品尝和享用，就像今天我人至半百，去回味品尝三年前我死去的大伯漫长的人生样，至今我都还感到那糖果的甜味和人生命运无穷无尽的酸涩味。

爆　发
——

生养了儿女，就要让他们尽可能地吃得饱一些、穿得暖一些，让他们在生长的阶段里，能读一些书，并尽量不因为饥饿，影响他们的发育和成长，这是我的父辈在那个年月里的人生信念和活着的目的与目标。

当然，我大伯亦是如此。

大伯家做饭的那口大锅，大约是我们村里最大的饭锅了，锅口的直径约有一尺八。因为孩子多，煮饭时水都要添到锅口上。就这样，只要节气按部就班来到了，或者遇着别的喜事了，需要改善一下生活什么的，那口大锅就会显得小起来。因为节气或喜悦，那餐饭煮得一定不够吃。可所谓的改善生活，也就是做上一锅汤糊面——我家俗称为糊涂面——把粗粮玉米生糁儿和手擀面条及青菜、盐油放到一块儿大锅煮，这样就叫改善生活了。因为面条和青菜比往日放得多，因为明油也放得多一些，因为那面条大锅中，也许还放了几块肉或炸过油的猪肉油渣儿。

196

就这样，那饭好吃了，锅也显小了，孩子们都说没有吃饱肚子，锅怎么见底了。这当儿，大伯多是坐在他家上房的门槛上，或是大门口的某块石头上。往常他都是要吃两碗、三碗才会饱，到了饭好时，他多半都是只吃一碗半碗就说他饱了，不吃了。大伯要把那好吃的留给他的孩子们。

孩子们就终于在饥饥饱饱中，一个个地长大了，虽然每个人身上穿的都是破衣服，每一个孩子读书都没有书包背，都是把课本夹在胳膊弯里。每一个，遇到雨天都没有胶鞋穿，又不能雨天穿布鞋，就只能光脚踩在泥水里。有时候，脚落下去时泥泥水水，从那泥水中尖叫一声抬起时，却是鲜血淋淋的。红艳艳的血水从脚底板上冒出来，如从水管中炸了出来样——光脚踩在泥水中的碗片、玻璃上是最常有的事。

还有，酷冬严寒到来，冰天雪地封住了豫西的山山脉脉，天冷得连空气都成了冰青色，各家各户都猫在家里烤着火。大伯家里孩子多，一个火盆围不下，生两个火盆又太过奢侈和浪费，这时候，我大伯就躲在一边，让他的子女们围着火盆取暖儿。

八个子女，也只能是轮流着你到火盆边上烤一会儿，他到火盆边上暖一会儿。

一年年的整个冬季，我每次见到大伯，他都是把双手袖在棉袄袖筒里，从来没有见过他戴手套，或者戴那种我家乡才有的用布和棉花做成的如袄袖样替代手套的棉袖筒。从我记事起，十几年里，大伯的双手都是露在酷寒中，双手背上冻裂出的血口儿密密麻麻、铺天盖地，每一道都如婴孩儿哭唤时的口。然而我大伯，他还是该劳作了就用那双冻手去劳作，该到村后的坡地去给孩子们刨柴火了就去山坡刨柴火，或在门前树下伸出冻手去树上卸枯枝，用那枯树的干枝，让家里那个火盆大都燃着火，使他的孩子们能和别家的孩子样，熬下一个严寒的酷冬后，再熬下一个严寒的酷冬。

渐渐地，我大伯家的孩子们，也都个个变得面对生活和人生时，和我大伯一样坚强和镇定。他们六个弟兄中，这一点让我记忆最深的，是排行老二的书成哥。书成个儿虽小，年年冬天手背都流血，可他却不太去和谁争着烤那火，又最勤去后山坡上拾柴火。家里饭不够吃了，他不说话，少抱怨，只是把空碗在灶房里往锅台或案上放时重重磕一下，就算表达了他对生活和那一口大锅的不满和积怨。我的书成哥，他为人刚正，性格坚拗而固执，言语不多，少有笑容，脸上的硬色和坚毅，总像一块石头样凝固着。

有一次，记不得为了什么大伯要打他，让他跪在上房的正中央，一耳光一耳光地往他脸上打，一脚一脚地朝他身上踢，甚至连一个笤帚把儿都打断了，只是为了让他说一句"我错了，以后再也不敢了"。可他就是跪在那儿不说这句话，咬着唇，直着腰，梗着脖，直直地对视着我大伯。大伯是很少动手去打、去骂他的那些儿女的，可是那一次，他被激怒了，被激将到不征服这老二的执拗就无法维护一个父亲的尊严时，他就不能不连连暴打他的孩子了。

然而，在整整打了半顿饭的工夫里，我那个书成哥，脸肿了，嘴角挂着血，却硬是没有低下头，没有说上半句话，直到左右邻居听到暴打都围到大伯家里去，直到大伯家的孩子们为了让大伯不再暴打，都在我书成哥的左右一齐跪下来，都求着大伯停歇一会儿手，又劝书成说："你就不能低头说句认错的话儿吗？"

那个书成哥，就开口说话了。

他扭头看看身边陪他跪下的弟弟妹妹们，又看看身后一片的邻居们，最后把目光落在我大伯的脸上和大伯手里拿的朝他脸上当耳光掴了无数下的一只鞋底儿，咬着牙说了一句既有时代色彩又让所有人都大为惊慌的话。

他说："你打吧，我宁死不屈！"

今天来回忆那场暴打和这句话，我有些哑然失笑，仿佛在回忆一幕戏的一句经典台词般（似乎是罗马尼亚电影《宁死不屈》①中的场景和台词），可仔细去想时，书成哥性格中的固执、坚强和刻板，也正是那个年代生活的艰辛对人生存力的锻造和大伯性格中坚强那一面的一种遗传和展开。那场暴打的最终收场，不是因为邻人的劝解和我那些弟兄妹妹五六个同时朝大伯的下跪。他们的下跪，其实更激起了我大伯的愤怒和对生活无奈抗争的发泄。事情本来是用家庭的"暴力"来惩罚我书成哥的固执和倔拗，可发展到最后，是我大伯不知为何握着他的一只布鞋，将坚硬的鞋底当耳光，轮番地朝着跪在他面前的一片子女的每个人的脸上掴，还掴着骂着说：

"打死你们，我们家的日子就好过了……"

"都把你们打死，日子就轻轻松松了……"

这两句话不仅是大伯声嘶力竭地唤将出来的，也是随着大伯举起的鞋，一下一下落在他儿女们的脸上时，从他嘴里爆将出来的。直到今天，大伯青色的脸、发抖的手和他声嘶力竭的唤，还让我感到社会给生活的挤压、生活给大伯的压迫，在那时仿佛山样压在他身上，不有那么一次情绪的爆发，似乎他会被生活彻底压垮或者被贫穷窒息过去样。他就爆发了，暴打了。

---

① 《宁死不屈》是阿尔巴尼亚电影。——编者注

"打死你们，我们家的日子就好过了……"

"都把你们打死，日子就轻轻松松了……"

就在大伯吼着这两句发泄出生活给他带来的巨大压力时，我惊恐地站在一群劝解大伯的邻人中，见大伯唤着和骂着，用他的鞋底掴着耳光朝一群孩子打了一遍又要再打第二遍时，不知道为何，我莫名其妙地从人群里走出来，也跪在了我的那些叔伯兄弟中，希望大伯打他的儿女时，把那鞋底的耳光也掴到我的脸上去。那时候，我已经十几岁，跪在叔伯弟兄中，泪流满面，哭得比我的叔伯弟兄和妹妹们还伤心，还要痛。透过我的泪眼，我看着大伯的暴打和暴唤，仿佛一场巨大的冰雹从天空噼里啪啦砸下来。可大伯一个一个暴打着他的子女，当到了我的面前举起鞋底要掴着落下的那一刻，我哭着抬头说："大伯，你就别打了吧。"

大伯望着我，手僵在了半空中。

最后，大伯颓然地坐在屋里的凳子上，穿上手里的鞋子说："都起来吃饭吧。吃过了都到田里翻地去。"

结果，爆发收敛，暴打也到此落尾。由我最先从地上站起来，又去一一地拉起了我的那些跪成一排的叔伯兄弟和妹妹。

盖 房

———

实际上，在我父亲那一辈，他们亲弟兄三个，叔伯弟兄是四个。排行下来，大伯是老大，名叫阎大岳，我父亲是老二，名字叫双岳。我有一个堂叔是老三，名字叫三双。还有一个亲叔是老四，名字叫四岳。四家人住得都很近，大伯家距我家最多也就几十步，因此大伯一家人，每天、每时都朝我家来，我们也每天、每时都朝大伯家里去。

四叔工作在外，家务和家族中的事情，多是大伯来和我父亲一起商量后，大伯就果敢行事了。

大伯和父亲商量事情时，从来不避讳我们这些孩子。每次大伯到我家，一跨过大门槛，若在饭时，父亲的第一句话是扭过头对我母亲说："快去给大哥盛碗饭。"

父亲和大伯商量事，多半不在屋子里，而是弟兄两个坐在院里的房檐下。至亲无语，挚情少言。这话正体现在他们弟兄中。父亲和大伯，正是因着弟兄的至亲与挚情，彼此间话儿并不多，似乎他们你我看一眼，就都知道对方要说什么了。那一天，初冬的日光暖在我家院落里，黄爽朗朗一地都是金银色。父亲用他半生的努力，给他的四个孩子盖起了七间土瓦房，还在那有二分半地的宅院里铺了带水波纹的石地板。就在那石板院落里，大伯和父亲吃着饭，彼此一碗吃完后，他们没说一句话，直到我从大伯手里接过空碗时，父亲才抬头清晰地说："再去给你大伯盛一碗。"可我去盛时，大伯却朝我摇了一下头，站起来看着我父亲，仿佛有句话他想了许久，却无法说出口。不过吃完了饭，大伯要走了，那话就不能不说了。于是，就对我父亲低声道："双岳，发成（我大伯家的长子）十九了，叫老二家（我母亲）碰到合适的给他提个媳妇吧。"

我父亲看着我大伯——他哥哥的脸，默了半晌点了一下头，同样轻声道："瓦房……今年不盖吗？"

大伯站在院中央，抬头看看天，想了一会儿，很肯定地说："盖，过了年就盖。"

这就是他们弟兄间商量的人生大事：盖房娶媳，让孩子们成家立业。简简单单，天方地正，彼此是那样心领神会、血脉相通，充满着弟兄间的体悟和支持。似乎一个只要从嘴里说出那么几个字，另一个就会舍命去做、去尝试；一个朝另一个点了一下头，那就是必须去做的承诺和天证。

也就是从那几句简单的谈话始，我母亲开始四处张罗打听，询问着给我的发成哥哥寻亲讨媳了。我大伯开始为盖房子奔波卖力了。似乎，在那一瞬间，他们弟兄都明白，下一代长大成人了，他们必须为下一代成家立业肩起责任了。似乎，大伯家盖房对于居住，并没有那么切实重要的意义，而更为急迫的，是有新的瓦房竖在宅院里，给孩子们提亲讨媳妇，就有了起码的资本和基础。

也就始于这年冬，为了盖出三间瓦房来，大伯领着他的孩子们，不是冒着寒冷劳动了一个冬天，而是顶风冒雪打了一场为盖房子不得不打的卓绝的命运与人生的战役。在我们田湖村以东的七八里之外，有一架山脉，属河南省的伏牛山系。豫西之地，多为丘岭，地势地貌，近于陕西的黄土塬梁。然而这伏牛山脉，却是岩石结构，石为红色，层叠相加，用炸药轰开山体，那些红色的石头便如砖样鲜艳方正，是盖房子做地基的最佳材料。因此，驻扎在村里的那些国家单位机构，如公社、供销社、批发部和药站等，都会以慷慨的姿态，出具低廉的价格，论立方买石头，盖房子做地基。可把石头从那边山脉上炸下来，运过来，要通过一条数百米宽的伊河滩。伊河上无路无桥，又是严冬，把石头运过河水，唯一的方法就是人抬肩扛。

为了盖房，这年冬天家家都在围着火炉烤火时，大伯一家人，老少出动，过冰冻的河水，到河对岸去扛、去抬那沉重的石头。石头小则百余斤，大则上千斤。一家人能抬者抬，能扛者扛。气温暖则零下几度，寒则零下十几度。而河里的流水，两侧岸边，是酷寒的冰凌；河心齐腰的水流，没有白冰，却是更为刺骨、湍急。而一块石头要从河那边运到对岸来，又都必须经过这河水。大伯就带着他的孩子们，脱下衣裤，单穿了裤衩和布衫，先在岸边用双手拍拍冻僵的腿上的肌肉，而后走进水里，过河去，把石头运到河边；等到日色有暖，气温高出一度二度，他和我的叔伯弟兄们一起，嘴里呼着白气，额门上挂着雾汗，而周身却又结着水珠冰凌，吱喳吱喳地踏踩着青白的冰碴，蹚着齐腰的河水，把石头运至河的这边，再拉回到村子里。

那年冬，大伯一家人就是这样过来的。

后两年的冬，大伯家也是这样从冰冻的生活中走过来的。

山脉的沟壑中和辽阔的河滩里，北风席卷，地铁草枯，树枝在空中抽抽打打。各村各户家里的水缸放在屋子里，水被冻成了冰碴儿，大厚的缸壁被冻出裂口是件常有的事。而沿路坐落的村落，本是一个连着一个——人口的密集，河南省位于全国之首，而我家乡那儿，又位于河南的乡村之首——可在那样的寒冷里，村庄似乎消失了，村人们也都不见了。不到万不得已，已经没有人出门到村外田里或者路上了，然我大伯和他的儿女们，不仅在村外，还在野外的河滩上；不仅在那冰封的河滩上，还都在那零下将近二十度的河水里。那几年的冬天，见到我大伯和他儿女们的人，都是很远地站下怔一会儿，盯着大伯和他的家人看一阵，自言自语说："疯了呀！疯了呀！"

或者道："老天哦，你不心疼自己，也得心疼心疼你的孩子们。"

大伯不说话。

不和路人说话，也很少主动和村人们去解释他这段没命的劳作和苦役。把石头运回村子里，一部分卖给村里的单位和机构，用换回的钱去买盖新房的砖和瓦，一部分石头运到自家门口，准备过了年盖房时做地基。

那几年冬，我大伯一家人，每个人的双手每天砸石头、搬石头、抬石头，双腿和双脚，除了回到家和钻进被窝里，大都是赤裸着踏在河滩的鹅卵石上和跳进冰水里，手和脚都冻得如发酵的面团样，又肿又厚，又有无数无数网状的血裂口。终于到了冬将过去时，大伯家门前的两棵泡桐下，堆起那鲜红方正的石头堆，有一人那么高，如同大伯一家人向生活挑战的宣言样，散发着冰寒却又清新的石味儿，昭示着每一个路过的人，都要驻足看看那堆大石头，夸赞几句那石头真好哦，盖房子砌地基，会整齐得和砖一模样，可又比烧砖结实了几十倍。接下来，就都意识到，这户人家是何等勤劳哦。因为勤劳，他们就将盖起引人注目的瓦房了，就将有对岁月和人生的信念，不言不语地随着那瓦房的站立，而高高地树立在村头和人们的心目中了。

相　媳

———

　　现在，大我五六岁的发成哥已经做爷爷了。可他的子女们，出生在二十世纪八十年代的一辈人，将无法明白他们的父辈们，是如何为了生存而奋斗，为了婚姻而丢掉了做人的尊严和舒展。

　　相对象是在过了春节后。

　　大伯家的房子将盖未盖时，我母亲通过亲戚的亲戚，联系了十几里外名为卸甲沟村的一位名叫莲娃的姑娘——她现在是我嫂，日子过得有山有水，见日见月。可在当年那一刻，为了让她嫁到我们阎姓家，母亲、父亲和大伯不知道商量过多少次，"设计"过多少次。相对象的那一天，我大娘把家里里里外外扫了一个遍，唯独没有扫擦的，只有屋里的空气和那院里的树。除此外，还特意让对方必须见到的人——如大伯、大娘和我发成哥，都换上新衣服。让我的那些弟弟妹妹，尤其是没有干净衣服又不甚讲究的弟弟和妹妹，都躲到了别的地方去。

　　又到我家，把一床新的大红被子拿出来，规规正正地叠在我大伯家的床头上。

我二姐把家里的暖壶（开水瓶）烧好开水提到大伯家，放到大伯家正屋桌子上，还又洗出几个干净而没有破口的碗，摆在水瓶边，以备女方来时倒水当作杯子用。

借来一张新的吃饭用的红漆小桌放在屋中央，在那桌上摆了花生和核桃。

当然，最主角的是我发成哥，他穿了蓝制服，理了小平头，等着人家来相、来看他。也就在近午时候，女方由一中年妇女陪着入村了，羞羞答答，身材高挑，确实是个有模有样的人，也有些莲花的素洁和水灵。到着村头时，我们都躲在远处偷看她，有胆大的孩子，这时候会装作路人朝着姑娘迎面走，到她面前后，还有意咳一下，有意让她惊一下。她们就那样在众目睽睽之中入了村，进了大伯家。在到了那一堆准备盖房的石堆面前时，我看见她们朝着那一堆石头望了一会儿，似乎是确认一下那究竟是一堆石头，还不是三间瓦屋样。

不知道我这个莲娃嫂和我发成哥初见面时到底说了啥，到底她在我大伯家有何样的感受和思想。总之，在她吃过午饭离开后，传回来的信息好像是，她不同意这门婚事儿。不是不同意我发成哥，而是不同意我大伯家的这个家。

嫌这家里穷。

嫌这家里人口多。

嫌那瓦房不是瓦房，而是一堆红石头。

那天女方走了后，我大伯到我家，和我父亲、母亲三个在屋里坐了半晌儿。我几次进出，都看见大伯脸上有着浅青和淡白，宛若他人生中的一桩大事，一开局没有走好影响着他一家人的全盘命运般。就那么闷坐了大半天，在我大伯离开时，他长长地叹口气，说："发成的婚事不顺利，后边孩子们的婚事怕就更难了。"

不知道大伯和我父亲是如何商量的。第二天，我母亲又翻山越岭去了我莲娃嫂子家。也不知母亲到那村里和女方一家说了啥，几天后村里集日时，莲娃嫂的父亲到我大伯家里看了看，在大伯家房前屋后转了转，还亲自用手丈量了大伯家周围几棵泡桐树的粗细，最后在那一大堆准备盖房的石堆面前站一会儿，一只脚踏在一块石头上，一只脚落在路边上，想了想，对他身边我的大伯说："这树成材了。"

"盖房子了做梁用，"大伯道，"房后那几棵伐了做檩条。"

人家又盯着那一堆墙基石："都是从河的那边运来的？"

大伯"嗯"一下："抽空要再去运几车，把地基垒得高一些。"

人家忽然说："婚事就这样定下吧，不过我回去得再做做女娃的工作呢。"

大伯说："新社会，婚姻自由，说到底，孩子们的事还是由孩子们去当家。"

今天看，莲娃嫂嫁给我发成哥，无异于她在乡村的婚姻股市上买了最好的一只原始绩优股。那时候，发成哥十八九岁就是我们那儿闻名遐迩的刀瓦匠，而今是一个乡村工程队的所谓经理，也是所谓的包工头，人好能力好，把家里的日子过得星月满天，红光普照，人见人爱。可想到大伯三十几年前为他们的婚事忧愁那一刻，想到最后听说对方同意了这门婚事时，大伯在我家满脸灿烂着笑，问我母亲说："同意了？"

母亲说："人家一定要求等盖起了房子再结婚，说结婚一定要结进新的瓦屋里。"

那当儿，大伯脸上的笑容淡了淡，像一个人正向前走着时，脚上

被绊了一下子。然后，大伯不笑了。大伯对我母亲点了一下头，郑郑
重重地道："你就给人家回话吧，说我说过盖房，就一定会把房子盖
起来。"

到今天，大伯已经离开人世三年了。也许他那郑重的点头和承
诺，他即便活着，也忆将不起有过那样的人生情节和细节。因为他的前
半生，甚至在他三分之二的生命里，他每天都在努力兑现着他向生活的
承诺与愿言，并又向生活许就新的愿言和承诺。大伯是活在承诺中的
人，又是为无法实现承诺而终生苦恼不安、充满矛盾的人。

大伯的一生，多半生命其实是被他对生活与命运的承诺所煎熬和
折磨。可也正因为为了承诺而活着，才显出了他一个农民对卑微的生命
认识的高贵和俗脱，显出了大伯在那块土地上，生命的痕迹在命运的路
途上，要比别人留下更深刻的光辉。

尊　严

———

　　大伯是偏穷乡村的农民，极尽平凡和卑微，可又是一个堪用超凡去形容的尊贵的生命和尊贵的人。

　　那一年，房子盖将起来了。

　　那一年，我发成哥哥完婚了。

　　盖起房子那一天，自然是依着乡村的风俗，慷慷慨慨，放开来请匠人们好好吃了与喝了。吃了肉、喝了酒，待匠人与小工都离开繁闹，别了新房后，竖在路边的那三间高大的瓦屋里，空落出的清静，散发着半青半红的砖和石头混合成的硫黄味，还有泥土的潮润和馨香。屋子里净净荡荡，似乎辽远开阔。初夏的阳光从门窗透进来，照着那些清丽的味道，如照着看不见的绸纱。就在那屋里，在我和叔伯哥哥与弟妹们都站着坐着欣赏房屋，赞赏阳光，开始对生活有着懵懂美意时，大伯从外边进来了。

　　大伯说："你们弟兄都在呀。趁都在，我给你们说上几句话。"然后，大伯就立在门口的阳光中，因为他身材高大，一米七多的身子立在那儿如竖着一块板，这让我想起毛主席立在天安门城楼上的样子。一九四九年的十月一日，毛主席站在天安门上宣布新中国成立了，中国人民站起来了！而在新中国成立的二十八年后，一个北方乡村的农民，站在他用一家人的血汗盖将起的三间瓦屋的门口，对他的六男二女的子女们说："房子盖起来了，债也欠下了。人在这个世界上，什么都可以欠，唯独不能欠的是人家的债。从明天起，我们一家人都重去拉石头、卖石头，尽快把欠人家的债务给还上。"

生活又恢复到原有的轨道上，和原本就没有离过轨道样。早上天不亮起床到十几里外河的对岸涧谷扛石头，然后再过齐腰的急流运到河这边，卖到村里那些国家的麻雀单位里。一天两趟，走时星月满天，回时星月也满天。除了农忙和过年，其余时间里，大伯一家人天天如此，年年如此，一干一恒持，就是三年多，和又一个中国历史中的"三年自然灾害"样。

总算无论如何说，因为这竖起的新房子，我大伯家沧桑的日子，显出了与他户人家的相同和不同。相同的是，过的都是那个年代里乡村瘦弱的岁月；不同的是，因为大伯家人口众多，其岁月中的日子，就过得比别人更为艰辛和疲惫。但在这户人家中，因为大伯的存在，就像一片新生的林地中，有一棵粗壮而古老的大树，一下让那林地有了境界和气韵，有了精神和风骨。大伯正是那片林地中的那棵古而壮的树，因为他如牛如马地劳作，因为他如头羊、头雁样领着子女们活着，并力求在活着中让子女们尽力吃得饱一些，穿得不那么破烂裸露，并且在他们长大成人时，都能够有理由谈婚论嫁，有条件娶妻生子。我大伯在他不识字并且在他不善深究言谈的人生中，深深地明白两个字的含义和深邃，那就是：尊严。

就是人活在世上的某种尊严。

尊严有大小之说，但没有高贵卑贱之分。如同钟表上的时间，座钟大者可卧似房屋，站如松柏；小者犹如拳头鸟蛋，搁在桌角床头，如鸟雀卧枝。手表有当年南京产的"钟山"牌，大如铜圆，光亮中显着浅黄，三十元一块，戴在手腕上，鲜明而粗糙；有上海产的上百元一块的"上海"牌，相比之下，确实有了精致和薄美。可再一看那些进口表，日本的超薄和透亮，瑞士的琳琅和滑润。这些物件的品相，有大小、有贵贱、有美丑，可其上所走动的时间，却一律都是时、分、秒，都是积累着分散了的岁月和生命。而我们生活的尊严、人的尊严，也正如钟表上的时间，钟表可以不一样，时间却必然是等同和相同的。比之于时间，尊严亦是如此。国王的尊严不一定比百姓的尊严要大、要厚重；省长的尊严不一定就比一个乡村平民的尊严更为值钱、有价值。

我在想，国王为了他的尊严，可以砍掉人头的话，而百姓为了自己的尊严，是要在被杀时，努力把腰杆挺直些，要在世人面前展示一下自己活在人世并不那么猥琐和自卑，那么说，后者的尊严其实要比前者更让人敬重和尊崇。

如果省长为尊严不惜下发一份文件，动用无数的人力和财力，农民为了自己的尊严，要把收割的镰刀磨得快一些，把耕地的犁铧弄得尖锐一些，那么说，后者的尊严也要比前者更为本源和人道，更为人性和温暖。

人间世事就这样，皇帝为了尊严可以去战争，百姓为了尊严可以去劳动。

有钱人为了尊严可以一掷千金，穷人为了尊严可以在逃难时力求那讨饭的碗筷干净一些。

一棵树的尊严是在风中不要倒下去；一株草的尊严是春天尽力绿一些，秋天尽力迟黄晚枯一会儿；房的尊严是能让人住进去；车的尊严是满车载重时能跑得轻松些、快一些；狗的尊严是不要让邻人、路人踢一脚或砸上一石头；猫的尊严是不要让老鼠叽叽叫着从自己眼前溜过去。一粒沙子落在路边上，似乎无生命、无呼吸，却有尊严。它的尊严是起风时，最好不要紧随尘土在空中舞舞动动地飞，就是飞也要让尘土在前、在上面，而自己以尊严的重量，比起尘土要显出自己的稳妥和力量。

尊严不是生命中的时间，却是时间中生命的份额和重量；尊严不是看不见的空气和飘浮的云，而是生命中的气韵和精神。

尊严不简单地显示为人生的衣着与表情，更是人生内在的力量与气节，可以以最简约的方式显示为人生在世的气节和风骨。

我大伯是个极有尊严的人，是个把人的尊严放在活着的首位的老百姓。

作为农民，他是我们队里最好的农活、庄稼活的乡把式。

作为男人，为了义情，他曾经提着一把砍刀，孤身一人，到几里外的邻村要把某人的耳朵割下来。

作为父亲，他奔波辛劳，每年、每月、每时地劳作和流汗，没有让他的八个子女，在最贫穷的年代里，因为贫穷误了他们的成长和婚姻。

盖起那三间瓦屋后的一年里，大伯领着他的一群孩子，用他们的血汗还了债欠后，还又在那新房的山墙下，堆起了再盖新房时用的一大堆地基石头和砖头。就在那新的地基石头堆将起来时，大伯家的老大——我的发成哥和莲娃嫂子终于完了婚。锣鼓和鞭炮、花生和核桃、对联和彩色的纸屑，还有络绎不绝的乡人和成群结队的升起于贫穷土地上的欢笑声，终于迎来了大伯家六个男孩子中第一个的新人嫂。就在所有的这些把一对新人送进那新瓦屋的房里时，人们在围着生活和新房说笑时，我大伯把我母亲叫到了人群稀处的安静里，郑郑重重地对我母亲说："老二书成年龄也长了上来啦，有合适的就给他介绍媳妇吧。你对人家说，待老二结婚时，我一定也把老二结婚用的新房瓦屋盖起来。"

赌　博

————

　　说到了大伯人生中的韧性和尊严，而细究本真，其实活着的韧性，大伯是在心里明了确实的，也敢于在人前说出口儿并摆在桌面的。而尊严，在我大伯，他却从来不敢说他是村里一个最最有尊严的人。

　　因为——他好赌。

　　赌，成为大伯一生的污点，沾染在他的人品上，就像结长在他心灵上永远难以治愈的一个疤。

　　而所谓的赌，在我家乡，小赌则被视为一种乡村娱乐，甚或是一种春节、农闲的乡村文化生活，但由小赌进入大赌，赌到深夜不归、饭时不回，输钱了东借西借，卖粮食、卖树木，那就不再是娱乐的文化生活了，而是一种赌性或赌瘾。甚或可以称为赌徒了。

　　大伯是由小赌娱乐走进赌而不归的生活的。开始时，因为农忙疲惫，农闲清淡，生活单调，他同村人们一道加入了那种俗称"搬三帽"的赢钱游戏，即把三个铜钱无字的一面磨平打光至锃光瓦亮，而让有字的一面，还原封不动地显示着"乾隆"或"道光"的字样。然后，把这三个铜钱放在手心或手指，使其有字的背面向上迎天，发光的亮面迎下对地，身子半弓，悬地半蹲，把这三个铜钱猛而富有节奏地突然朝着地上的石头或砖面抛下去，如果三个铜钱的光面翻身向上，为全赢；如果有两个光面向上，则为部分之赢。反之，三个有字的背面落下后全部向上迎天，则为全输；两个有字的背面向上迎天，则被视为部分之输。游戏简单，规矩严明，深入浅出，一看即会，是这种游戏的最大特点。

大伯就是从这种游戏开始成了一个好赌的人。先是赌注从三分、五分开始，后来赌注就上升为几毛、几块，赌到眼红的时候，那赌注甚至会大到上百甚或两百块钱。在今天，几十、上百块钱，也就是有些人的一盒烟钱，而两百、三百块钱，也就是大家走进路边店的一顿饭钱。可在那段岁月中，二十世纪的六七十年代，每颗鸡蛋小的二分、三分，大的三分或四分，一斤食盐也才不过八分钱的时候，输掉一百、两百块钱，其实是输掉了一间瓦屋的房钱，输掉三百、五百块钱，就等于输掉了三间瓦房或者一所宅院。

然而，大伯是每年有赌必输，输之又赌。赌资之重，使他每年都会输掉一所宅院或者三间新的瓦屋。甚或是，带着孩子们顶风冒雪，破冰越河到十几里外爆石运石，卖上一个冬天的血汗积存，本是为了孩子们盖房娶妻的一种准备，到了过年的几天空闲，他吃了年夜的饺子，人就忽然间无了踪迹，直到我大娘或孩子们找到赌场，争争吵吵，把他从那场合拉回来。

为了防止大伯过年赌博，家里有了存钱，大娘就会谨慎地把它藏起来。可任我大娘把钱藏到哪儿，最终大伯钻天入地，也都能偷偷地将其找出来。

大伯自己，为了防设自己的赌博，有了钱也常常交给我的母亲或父亲，说让他们把钱收起来，如果有一天他赌博输了，来要这钱时，也一定不要父亲、母亲还给他，留着那钱将来给孩子们结婚娶媳用。然而往往的结果，却总是事与愿违，适得其反，等大伯又一次输到穷尽至无可再输时，大伯一定会去找到我父亲、母亲说："把钱给我吧，有些急事要用呢。"

知道他是赌，却又不能不给他。

母亲说："大哥，不要再赌了。"

大伯红着脸："不是赌，确实有急用。"

父亲是我大伯的弟，他常常为大伯的赌性气得直跺脚，气得有时不吃饭。我想，父亲若是大伯的哥，在大伯赌瘾上来找他要钱时，他会把耳光打到大伯的脸上去；倘若父亲是大伯的长辈，他会因为大伯的赌，把大伯赶出家门或吊在房梁上。可他是大伯的弟，大伯才是他的哥。乡间的伦理和道德，让这个做弟的对哥哥又气又无奈。到了大伯输钱后去他要自己挣的钱，或找母亲说又没钱用了，能否借给他几十块钱时，父亲总是把脸扭到一边去，低着头，含了泪，待那泪干了，擦去了，父亲会回头有些哀求地对我大伯说："大哥，你就不能不赌吗？"

大伯站在他的弟面前，沉默许久后，极其伤感而又羞愧地说："就再给这一次吧，我以后再也不赌了。"

因为他是哥，父亲不能不把钱给他。因为他们是同父同母的亲弟兄，大伯拿着钱走出大门去赌时，父亲望着他的背影，即便不掉泪，眼圈却总是红红润润，如哭过一场般。

走向短路

———

　　有一次，大伯输钱了。他是大年初二离开家里的，初三下午回到家，脸色苍白，目光呆痴，回去坐在上房屋里半晌没说一句话。不消说，他不仅输了钱，可能还输掉了给孩子们盖房娶妻的积存和准备，还有他做人的尊严和名声。有时候，输钱不要紧，可输了做人的名声和自尊，那远比输掉房屋财产更紧要。因为名声和尊严，关系的不仅是他的人品和人格，还关系到孩子们的成家立业和前程。大伯之所以在孩子们娶妻成家这一点上要比别的做父亲的更为上心和努力，就是因为他明白，他因为赌的名声会影响到他子女们的男婚与女嫁、立业与成家。而事实上，他赌博的名声，确实影响了这个家的声誉和孩子的前程与命运。确实因为他的赌，那些愿意嫁到这个家的姑娘知道了他的好赌后，不是不愿嫁了，就是犹豫了。所以说，在这年大年初三的下午，他出门两天回来后，什么也不说，也不做，不说吃饭和饥饿，不谈瞌睡和劳累，坐在那儿不动弹，直到大娘和子女们围将过来问他道：

　　"是又输了吗？"

"输了多少呢？"

任你们烦烦絮絮如何问，大伯就是不说话。到问至不能不说又完全无法开口去说时，大伯忽然一耳光、一耳光地朝着自己脸上捆起来。打自己，骂自己，说自己活着没有尊严、没有记性，倒不如死了才好呢。

大伯是一个刚性十足又正天正地的人，他从来没有过这样的自暴自弃和自己唾骂自己的事。猛地有了这一次，把全家人都给吓住了，都慌忙上去拉着他的手，劝他无论输掉多少钱，以后不赌就行了。子女们也都纷纷含着泪，劝大伯不要自己打自己，说大不了一家人再辛苦一年到那河的对面拉石头、卖石头。

事情果真就这样。原来盖第二幢瓦屋的钱是准备了十有八九呢，说过完年就动工要盖呢，现在就不再提那动工盖房的事，而要一家人默默地继续到河的对岸十里外，干那非牛非马的爆石、运石的事。

就这么劳作着、生活着，待又一次将盖房子的钱准备到一定数量时，有一天，是夏天的几月份，太阳火烫，大地上蒸腾着发焦的热气，知了的叫声如滚烫的流水，在天空哗哗啦啦淌着时，我从学校背着书包回家了。一进院落门，我就扯着嗓子叫："妈——渴得很！"

回答我的是一片沉默和寂静。

我隐隐感到家里出了什么事。快脚几步从院里踏进屋子里，看见父亲、母亲和姐姐们，都闷头坐在屋里不说话。

我问："咋了？"

母亲接过我的书包道："快去看看你伯吧。你大伯服毒了，差一点你就再也见不到你大伯了。"

我愕然："为啥？"

不知道是父亲还是母亲回答我了一个字："赌。"

我便看我的大伯去。几十步的土道，中间隔着两户人家，从我家走至大伯家，多说不过几分钟，然而那时候，明明有邻人都在路边做着什么事，说着什么话，可我如走在空无他人的田野山脉样，内心的荒冷和寂静，宛若一片沙漠惘然地铺在我的胸腔里，连我自己都能听到我的心跳声。这是我一生中第一次经历有人要弃绝生命自杀的事，而且是我伯，我的亲大伯，那个从我记事就爱这个乡村、爱贫困的生活、爱他的孩子和侄男甥女的人。我不明白，人为什么要赌博，为什么爱上了就又改不了。但我隐隐感觉到，赌博上瘾和老人传说的抽大烟上瘾大约一模样。上了瘾，就再也改不了。改不了，就只能要么倾家荡产，要么弃绝生命这两条道。我大伯，他是选择了后一条。那时候，快到我大伯家里时，我暗暗警告自己说：连科啊，这辈子你千万不要赌博啊！

也就到了大伯家。

大伯家里和我家里一个样，一家人都沉默在寂静里，坐在上房的正屋不说话。待我进去时，我看了看大伙儿，轻声问："我伯呢？"有人瞟了一眼里间屋。我便顺着那目光，朝里间屋子走过去。那间里屋比起外间暗许多，光线细弱，像病人恹恹的呼吸样。我在门口怔了一会儿，才看见靠后墙的床铺上，大伯躺着面朝里，后背对着门口这一边。

我轻声叫了一声"大伯"，朝大伯的床铺走过去。

大伯动了一下身，可没把身子转过来。

也就站在大伯的床边上，很想学着大人们，问大伯你觉得现在身子好些吗，很想说赌输了你就赌输了，怎么能这样去寻求短见呢？可我什么也没说，就那么站了一会儿。也不知道站了多大一会儿，似乎感到了无趣样，才又默默转着身子朝外走。这时候，也许是我抬脚要走的脚步惊动了大伯吧,大伯忽然翻了一个身,把身子挪到床边上,拉着我的手,又用手摸了一下我的脸,用很低却是很清晰的声音对我说:"安心上学吧,大伯以后不赌了。"

大伯的这句话让我泪流满面,感觉到大伯那时候不过是赌博输了家产什么的,即便大伯不仅赌博,而且杀人越货,他也还是我在这个世界上的亲大伯,是我最有血缘关系的亲人哦。从大伯家里含着眼泪出来后,我心里的温暖山高水长,洋溢得如一片海洋般。直到今天忆起大伯那次自杀的事,忆起父亲、大伯和叔叔间的兄弟情,忆起他们各自最普通的生存和人生中最普通的得失与过错,我都深刻地体会到,一个人的成长,最重要的需求不是物质的吃穿和花费,不是精神上大起大落的恩爱和慈悲,而是物质和精神混合在一起的那种细雨无声的温情与滋润。正如需要成长的草和树一样,缺光少雨当然不可以,可暴雨暴日的轮流与交替,似乎不缺水、不缺光,但最终迎来的却是不成材的疯生和疯长。而只有那种细雨无声的滋润和给养,只有那种光线充足却非暴晒暴烫的阳光和灼目的明亮,才可以让草成草、树成树,让人的心灵成为未来充满善与温情的一颗心。

我是在充满贫穷与温情的家庭长大的。

我的那些叔伯兄弟和姐妹,也都是在充满贫穷与温情的家庭与家族中长大起来的。我们叔伯兄弟姐妹十五个,堂叔伯兄弟姐妹二十几个人,包括我,没有成才做官的,没有暴富到流金流油的,但没有一个不是善良的,没有一个不是把善良作为人生的底色后,在这底色之上去涂着别的色彩颜料,让人生尽可能地有些丰富、充满情谊和活着时多一些人间烟火的快乐与温暖的。

善良,是人之所以为人的根基和本原。

而家庭和家族中世代酝酿的亲情与温情，则是养育善良的土壤、阳光和细雨。

从我大伯家里回到我家后，我母亲简单地给我叙述了大伯自杀的缘由与前后。说大伯那一天去结算了半年来一家人给几家单位机构卖石头的钱，偏巧碰到了往日常在一块儿赌博的朋友们，七说和八劝，几个人就到了某一地方去。在那地方大伯很快输了自己的钱。至于输完后，大伯想了啥、做了啥，内心有着何样的挣扎和苦痛，没人能知道，没人说得清。横竖与反正，在吃过午饭村人都歇午觉时，大伯从街上回来了，和往常一样同见到的熟人说了话，也和往常一样，在他家门前站了站，看了看前后左右和街景房舍，而后让一个孩子去把能找到的没有上学读书的自家和亲戚的孩子都找来，把那些跟他叫爷和外公的孩子领到路边泡桐树的阴凉里，从口袋里抓出一大把、一大把买回来的糖果和糖豆儿，每个孩子分了一把后，又问谁还没有分，孩子们举着手里的小糖说都有了。又问谁还没有来，便发现我大姐的女儿圆圆没有在那人群里，就让别的孩子把几岁的圆圆找来了。

圆圆叫了他一声"大外爷"（外公），他把口袋里的小糖给圆圆抓了一大把。再笑着问孩子们谁还没有吃到糖果时，孩子们也都笑着说全有了，全都有了呢。大伯就最后看了看那些孩子，一个一个摸了摸他们的头、他们的脸，待孩子们像一群燕子吃着糖果飞走后，大伯回家服毒了。

在他身上的口袋里，有个口袋是他给子孙们买的糖果、糖豆儿，另一个口袋里是他给自己买的老鼠药。大伯回家关门服毒后，赶巧大娘洗衣服回来发现大伯口吐白沫躺在床铺上，这才呼天抢地叫着把大伯送到了医院里。

大伯被抢救过来了。

然而，就是到了今天，过去了几十年，想起大伯那次寻短自杀前，给他的孙男甥女们每人最后分的一把儿糖果和糖豆儿，我都在内心充满着甜味和温情。想到我的生命中，有过我父亲、大伯和叔叔们的身影和生命，那实在是上天给我的一种宽厚无际的关爱和恩赐。在我的成长过程中，我可能什么都缺乏，唯一不缺的，正是来自父亲、大伯和叔叔们这一辈人的那细雨无声的温情与呵护。

电　视

————

关于赌博，大伯有很长时间不赌了。到了过年过节，实在闲暇无聊到身子无处搁放的境地里，也只到那赌场转转与看看。

到后来，我高中没读完，便辍学到河南新乡的火车站与那个水泥厂里去做了临时工。现在称从乡村到城里打工的农民为"进城务工人员"，那时候，都一律称为临时工。接下来，一九七八年，我又参军到了河南商丘、开封等地的部队里。几年后，待我从部队回家探亲，提了一些补养的东西去看我大伯时，我同大伯坐在他家又一所新盖的瓦房门楼下。大伯对我说，他卖葱、卖蒜、卖瓜果，生意比往年做得好，钱也比往年挣得多。说他有时候，赶在季节口，苹果熟了到河南三门峡市的灵宝县，把那儿的苹果运到当地卖，或者雇上汽车跑长途，到湖北、四川，把那儿的橘子运回来，批发给别的小商小贩去。

大伯说，他挣了不少钱。

我有些担心地望着他。

大伯笑了笑："不赌了，一点不赌了。"

　　我悬着的心缓缓落下来，像悬在半空的一个孩子被人抱着放在了大地上。接下来，大伯指着新盖的房子对我道，盖了这房子，他还存有几百块钱，希望明年我回时，能去哪儿开后门给他买台电视机。说，若有电视在人闲时候陪着他，他以后不要说赌博什么的，连赌场去看看转转的兴趣都没了。说，没有电视机，人闲到无聊时，他就忍不住要到那赌场转一转，转一转，就担心忍不住又要蹲进赌群里。

　　我朝大伯点了一下头，答应下次探家时，一定给大伯捎回一台电视机。那时正值二十世纪八十年代的中期，电视机是中国最为走俏的紧缺货。为了给大伯买到一台电视机，回到部队，我就开始张罗讨情各种关系了。

铁　成

——

　　在大伯的命运中，对他真正的打击是从二十世纪八十年代初期开始的。

　　二十世纪八十年代初，大伯家的老五孩子铁成和我一样参军了。不一样的是，我当兵在河南，几乎如同当兵就在家乡；而我的这个弟，铁成他参军入伍却远在新疆乌鲁木齐的哪个军营里。六天七夜或七夜六天的火车，才能到达那个举目无亲、荒冷无人的地界里。

　　我的这个弟，偏巧又是自小内秀、寡言少语的，许多时候，为点滴小事都会计较在心的人。也是因为太过心细计较吧，他时常如女孩子样为些小事敏感而生气。因此大伯和我父亲才商量让他当兵去，离开乡村，到部队里锻炼着去寻找人生。可是那一年，年前他穿上军装，同几个村里的孩子一道去了乌鲁木齐的军营里，在军营训练了十天半月的时间后，他就在军营上吊自杀了。

　　我弟死时年仅十八岁。

　　他是年前死了的，可消息从乌鲁木齐传回来，却是在年后许久的

226

正月里。事情的蹊跷和浮浅，让人想来永远感到痛楚和心寒。那一年的正月间，有人起早走在村街上，忽然在路上捡到一封信。信封上收信人的名字是我大伯，而信尾却没有发信人的地址和落款。人家把信送到我大伯家，拆开来一看，如晴天霹雳炸响在了大伯家，使大伯一家老老少少目瞪口呆，一时不知是天塌了还是地陷了。

信上说，我的弟弟铁成在军营自杀了。

除此外，那信上再没别的话，没有落款的姓名和日期，没有说自杀的缘由和时间。正值大伯一家在眼泪和惊慌中，试图通过电报、电话来证实这封信的确凿时，在我发成哥们准备到洛阳买火车票赶往新疆的第二天，县武装部的人陪同着部队的干部抱着骨灰到了大伯家。他们向大伯一家人的解释是，我弟弟到部队开始军训一周后，因为队列没走好，新兵连带兵的班长在我弟的腿上轻轻地踢了几下子，我弟想不开，回到宿舍，便用背包带子上吊自杀了。

他们更没说为何年前死的人，直至年后半个月，才把消息告诉我们家，而且还不让我们家人到场就把我弟火化掉，直接就把骨灰送到了我们家。

一个鲜活的生命，在一个月前时如同挂着朝阳的露水，一个月后回来的，没有人，也没有遗物什么的，只有一个冰冷的骨灰盒。就在这晴天霹雳下的一片哭声中，部队的干部说了一些安慰的话，说我弟自杀的主要责任在于他自己心胸不开阔，而后许诺说，照常理这起自杀事故属于一起正常死亡的事件，可只要我大伯一家不再追究部队里谁的责任的话，就可以把我弟当作因公死亡，评为烈士什么的。

而后这件事情就算了结了。

我知道这些事情是在我弟死后的几个月。探家回去父母一见我，就把这些夹夹缠缠、因因果果、蹊蹊跷跷给我说了一个透。那时候，我已经在部队提了干，在师机关的政治部里当干事，已经对那所谓的"军营净土"中角角落落的事情知道着一篮一车，便放下手中的行李，在我家里喝了几口水，就到我大伯家里找大伯。

在大伯家的屋子里，桌子上摆着我弟铁成的遗像和骨灰。家里人都下地干活了。初夏的清新明白，从田野铺散过来后，流水一样浸润着我和我大伯。院子的窗户下，有一棵碗粗的树，是椿树，浓荫斜过来倒在屋门口。有一股椿叶椿汁的怪味儿，走进屋里像从门口浓荫里流过来的医院病房中的苏打味。我和大伯就在那气味中月深年久地坐着沉默着，仿佛我弟的遗像也在桌上盯着我，要我为他在这沉默寂静中说些什么样。

我对大伯说，我弟死得没有那么简单和轻松。

我说我们不应该就这么简单快捷便答应了人家的要求，而让这事情日出日落就了结过去了。我说铁成弟即便是自杀，也有他必然的缘由和因果，说我们应该让部队把许多疑点都给我们说清楚。

我对大伯还说了许多话，也包括门口捡到的那封无来由的报丧信，一定是部队为了封锁我弟死亡的消息，怕我们春节期间从河南赶到新疆追究其前因和后果，而不让新兵连我弟的同乡们给家里写信提及这件事。同乡出于乡情和无奈，才迟迟寄回来那封无来由的信，由他们的父母收看后，偷偷扔到门口给我们传递一道讯息的。

我向大伯说了我的许多想法和看法，直到我准备向大伯说部队老兵体罚新兵的事，其实在军营里藤缠瓜果，屡见不鲜，屡禁不止。可待我要对大伯说这些时，抬起头看见大伯坐在我对面，已经非常憔悴黄瘦的脸颊上，挂着一层虚飘的汗，像他因为发烧头晕才会出汗样。

我说："大伯，你病了？"

大伯朝我摇了一下头。

我说："铁成弟的事，就这样了结了？"

望着我，大伯沉默了长天长地后，用很轻很轻的声音对我道："去部队告他们，我知道会有人受处分，会把有的军官撤了职。可你弟弟死了还能告活吗？处分了那些人，把那些军官撤职了，可那些班长和军官——我问了，也都是从农村参军参到那里的，也都是家里无能无耐，才不得不参军参到新疆那地界。人人都是从农村参军去挣着前程的人——你弟已经不在了，我们就别去毁那些人的前程了。"

话到这儿，大伯也扭头看了一下案上我弟铁成——他老五孩子的像，仿佛是和那遗像交流了眼神，沟通了彼此的心意后，又把头扭过来，看我一会儿，很悠长地叹了一口气，说："部队上的人，会因为我们家里好说话，会因为我们家里没有给他们提半点要求，不仅觉得我们话好说，也许还认为我们家有些老实窝囊哩；同村的人，也许会认为我们阖家是为了那个烈属才不去告部队。随它吧——那就随它吧，谁愿咋样认为就咋样认为吧。横竖你大伯就是那句话，我们家遭灾了，就别让别人跟着这灾遭难遭殃了。"

从我大伯家里出来后，我感到了大伯无边的善良和宽厚，感到大伯内心的苦痛仿佛一眼望不到底的井，可他所说所为的，却宽阔如无边的田野和大地。我尊敬我大伯，乃至敬仰我大伯。我大伯是个普通人，很多时候因为赌博，有人背后会称他为"赌徒"，可是在处理我弟铁成的后事过程中，我感受到了我大伯是我们那个村庄最了不得的老百姓，也是这个世界上最为了不得的"人"。

连 云

——

　　无论如何说，我弟的死把我大伯命运中的某个链条击碎了。他人忽然老了许多岁，也瘦了许多轮，在村人面前，他的话少了，头发迅速白起来。看到家族中的那些孩子，他还给他们买糖吃，买些在街上摆着的小玩具，可给孩子们发糖发玩具时，他会忽然眼里含着泪，把目光投到很远的地方去，投到临时安葬了我铁成弟的那面山坡下。

　　然而，人生不会因为某一场灾难，就把苦难的岁月从你命运中剔除掉。日子还要过。一日三餐和春夏秋冬，时日可以多一些、少一些，季节可以冷一些、热一些，但终归是不会因为某人、某户的灾难有太多平和温暖的恩赐与变化。就是一个国家、一个民族有了天灾与人祸，地球也还是那样周而复始地循环与往复。春天了，大伯还要去田野播种；夏天了，大伯还要到田野浇地和锄草；农闲了，也还要卖些葱蒜和苹果。大伯的人生与愿望，就是把他的子女们送到这个世界上，而后倾其所力，倾其所为，负责着让他们个个都成家与立业，男婚与女嫁。

　　大伯要给他的男孩们每人盖上三间新瓦房，让他们体体面面地相

亲、完婚、有家业；要给他的两个女儿，每人都有完整的陪嫁，让她们
与他人一模样，体面地离开自己的娘家，走到婆家里。大伯完不成这
些，但他在努力做着这一切。为了这一切，他在六十多岁时还东奔西
簸，到外地买苹果、买香蕉、买柑橘，把这些水果从外地运到当地，再
一斤一两、一筐一篮地卖到别人手里去。他每年都挣钱，又每年都赔
钱。也许这一趟、几趟遇到好运气，挣下一些钱，可在一年间，一定会
有那么一趟两趟是赔钱的。比如他从湖北把一汽车橘子运将回来了，可
别人从四川运回来的橘子比他早回到当地三五天，而且人家买时的价格
比他买时便宜得多，那他就只能压价、压价再压价，最后以甩卖的方式
卖橘子，把前几趟挣的钱一股脑儿赔进去。比如说，他到河南东部把无
子西瓜运到我们豫西山区里，可偏偏回到家里赶上一场连阴雨，那一大
车西瓜就只能眼看着烂在自家屋子里，最后像倒一车泥样倒在门口的水
坑里。

　　大伯为命运和生存的努力，如一台空转的机器般，因为赚钱了，
老天紧赶着一定会让他狠狠赔一下；因为赔钱了，就又不得不东掏西
借，凑足本钱，重新去做一场买卖和生意。到头来，他就那么日日地劳
碌和奔忙，似乎赔了又赚了、赚了又赔了，如西西弗[①]的神话般，能否
把那块滚下又推上、推上又滚下的石头最终推上山顶去，已经不是一件
重要的事，重要的是西西弗的命运与经历。经历才是生命的一切。经历
本身不包含太多的意义，可经历的本身，就是生命的本身。我大伯就这
样，做着这样赚了就赔，因为赔又必须要赚的圆环生意，每一次都是开
始，每一次又把终点的脚步踏在起始的脚点上，直到另一场灾难到来，

---

　　① 今译作"西绪福斯"。——编者注

才终止了他这周而复始的日子，终止了岁月往复对生命空转的消耗。

在一次去邻县灵宝运卖苹果时，我大伯家的第八个孩子，我的那个总是笑声不断、最为开朗的连云妹妹遇到车祸了。这是我大伯和大伯一家在我铁成弟弟离开我们一年多后的又一场大灾难。那一天，已近着黄昏时，他们运苹果的汽车停在路边上，突然迎面开来了一辆大卡车，因为司机喝了酒，那卡车迅速开过来，撞在我大伯家的苹果车上，站在路边的我妹妹尖叫一声，那便是她一生留给这个世界最后的呼唤和对人生命运的呼应与留恋。

自此后，我这个也才十七八岁的妹妹，从这个辛劳的世界上消失了，去和她的哥哥铁成做伴了。

自此后，我大伯不再奔波那圆环买卖了。

自此后，大伯在很多时候都沉默不语，一个人独自站在村头，望着村后那葬了我弟弟、妹妹的山坡。没人知道他在这时想了啥，也没人知道他这时候对人生、命运与生死有何样的看法与认识。

有一天，是深秋的时候，我在豫东开封部队军机关的家属院正走着，忽然有人告诉我，说我家里来人了，在我家门口等着我。慌忙地赶回家里去，看见大伯疲惫地坐在我家门口一棵冬青树下的水泥台子上。于是，我紧走几步，到了大伯面前后，却又猛地停下脚，站下来，吃惊地叫了一声："大伯。"

大伯没应声，只是扭头对我苦笑了一下子。

我说："你怎么来了呢？"

大伯仍然没说话，只是很无奈地望着我。

慌忙开门把大伯让进屋子里，让他坐在沙发上，依着我老家的习惯，没有立马给大伯倒水喝，也没有像迎接别的客人样，给大伯泡一杯茶叶水。我的老家不产茶，所有的人都没有喝茶叶的习惯和奢侈。我以最快的动作，打开煤气灶，去给大伯煮了几个荷包蛋。将荷包蛋端在我大伯面前时，大伯望着我，以极平静的语气对我说："连科，你妹妹连云不在了，在灵宝县出了车祸啦。"

我愕然。

我脑里"轰"一下，呆在了我家那间十几平方米的客厅里，望着我大伯，不知为何，我突然想在大伯面前跪下来，想要扑在大伯怀里呜呜呜地哭一场。那时候，我木在那儿没有动，许久没说一句话，泪像雨样挂在我脸上，似乎屋子里到处都充满了嗡嗡嗡的响。

大伯看我不说话，看我泪流满面了，就有意地在他脸上挂着把事情看轻看淡、风吹云散的笑。然而，他让我看到的笑，在他脸上却依然是掩饰不住的苦笑和苍黄。大伯笑着说："你妹妹连云不在了，我在家里闷得很，想到你这儿走一走。"然后他端起那碗荷包蛋，没有吃，只是端在手里说："连云都走了很长时间啦，你不用伤心，这都是她的命。是她的命让她这么小就离开我们的。"

接着过了一会儿，大伯又补充着刚才的话："也许走了好，其实人活着也是活受罪。吃不完的苦，受不完的罪。"说到这儿时，忍不住悲痛的大伯也哭了，泪就掉在我给他煮的那碗金黄白亮的荷包蛋里，像不间断的房檐滴水砸在凡俗世界的水面上。

为了不让大伯哭，我给大伯递了擦泪的湿毛巾，对大伯说了句东不搭西的话："天快黑了，大伯，你想吃些啥？"

大伯擦了泪，回我说："随便吃些吧。"

刚好那天我妻子带着孩子回她娘家了，只有我在家。我是一个不会做饭的人，妻子不在家，我一般都是只吃方便面。我当然不能让大伯吃我做的方便面。于是，打开冰箱，看有妻子为了回家提前给我准备的蒸米饭，我就给大伯炒了鸡蛋米饭，做了所谓的榨菜肉丝香菜三鲜汤。把炒米饭和汤端给大伯时，我心里有着一份内疚感，觉得应该带大伯到市里好好吃些啥。可那时天黑了，那时我和大伯都两眼湿红，也怕走在军营让人看到我们的哭相问什么，也就只好那样凑合着吃了一顿饭。

到了晚上，妻和儿子没回来，我和大伯在家把话说到深夜才睡觉。主要是大伯说，我坐在那儿听。听他说他们弟兄间的事，说我们姊妹兄弟间的事，说他的父辈——我的爷爷弟兄间的事。到今天，我已经忆不起大伯给我说了那么多的话，而其中心的提要是什么。但我记得，大伯说得很流畅，像他把大半生郁积在心里的话全都给我说了呢。

直到深夜的深夜，我们才睡觉。

第二天，大伯起床晚。在他醒来时，我已经去街上给他买了豆浆、油条啥的，并去找领导请了一天假，计划带我大伯到古都开封的市里好好看一看。可大伯吃了早饭后，却忽然又要回家去，说他前年到开封看过了；说他不爱到城市转转看的；说他这次到开封，就是想找我好好说说话；说昨夜说了一夜话，现在他心里轻松得多，也开阔得多。

大伯说他已经有两年心里没有那么轻松顺意了；说他心里轻松了，就想回家了，而且是一说回家就恨不得立刻坐到回家的火车或长途汽车上。

也就只好让大伯回家去。

慌忙给大伯整了些水果、衣物让大伯带回去。想到大伯大半生的每年冬天都没穿过太暖脚的靴，我便又把一个专管军被仓库的朋友找出来，到那仓库请领导签字批条子，买了一双带羊毛的军用大棉靴，并给了大伯七八十元的零用钱，便到车站去买票送我大伯了。可把大伯送到长途汽车站里分手时，没想到大伯给我说了句直到今天想来都让我备感温暖而又心酸的话。大伯临走时，笑着对我说，我昨晚给他炒的鸡蛋米饭很好吃，特别香，说他一辈子没吃过那么香的饭，说下次他再来开封了，什么都不吃，还吃我炒的那种蛋炒饭。

歇　息

——

可大伯再也没有到过开封去。

再也没吃过我给他做的那种蛋炒饭。

再也没离开过我家的那个村落到别处去走动。

日子是一天一天增多的，岁月是一月一年累加起来的。增多着，累加着，我大伯家的那些孩子——我的那些叔伯弟兄和妹妹，也都一个个结婚了、成家了。他们就像一片苗圃的树苗样，长成一棵就移栽到别处去一棵，让他们自己在日子的风雨中，独当一面地经历那属于他们自己的欢乐、悲苦与命运。而作为我大伯的尘世与世事，就是让他们在这一方苗地里，生长旺茂后，帮着他们把他们的命运像移交一本神秘之书样，把那神秘的羊皮书交到别处去，交到他们自己命运的手里边。

也就一个个地成家、分家了。

一个个地有了新的宅院和瓦屋。

到我们叔伯弟兄中排行老九的九成结婚后，我大伯已经做完了他一生念想并为之奋斗的人生大事了。我的发成哥，因为在大伯家的八个兄妹中排行为最大，便理所当然地、更多地承担起了帮助父母和弟妹们的责任和义务。他也就毫无怨言地承担了这一切，不光自己先学习匠人之工技，而后还自学设计和组织，很早就在村里组成了一个建筑队，让我的那些叔伯兄弟都去做工匠、干小活，虽然辛苦和疲惫，却是让我们整个阎姓家族中日子苦难的人，都有了些挣钱的机会和可能，都在艰困的日子里，或多或少有了家用和补贴。而更为重要的，是让我大伯终于在该歇息人生的年龄里，不再像村里更为贫困的农民样，到六七十岁的高龄时，还必须为油盐酱醋的零用犯头痛，为农忙的抢收和抢种，到田地间没日没夜地佝偻着腰去劳作和辛苦。

我大伯终于可以在农闲时和闲人一样在村头转着走动了；终于可以在冬天的晚上，围着火炉看上电视了；终于过上了世间老人应该过的安闲日子了。大伯在一次我出差拐回家里时，笑着对我说，他过上了好日子，儿女们都孝顺，时常给他钱，不干活，吃也不愁穿也不愁了。说这话是在大雪天的寒冷里，大伯坐在开着并不看的电视下，把手伸在火炉旁，脚上穿着我给他买的那双羊毛军用靴，对我说那靴子暖得没法说，穿上它无论走到哪儿，整个冬天都不冷。还笑着对我说，吃穿不愁了，可他还是觉得那次我给炒的蛋炒饭，香得让他忘不下。

我希望大伯能出去旅游去，希望他到大城市里走走和看看。当然，我也笑着说，有机会我让我妻子——他的侄媳妇好好给他做一顿蛋炒饭，说她特别会做饭，我做的蛋炒饭就是跟着她学的。

我和大伯约好明年一开春，他就再到开封去，我好好带他到那宋朝的古城转一转，由他的侄媳妇好好给他做上几顿饭。可是真的到了下年的开春时，大伯没有去。

夏天也没去。

以后都没去。

大伯偏瘫了。

因为脑血栓。虽然血栓有了控制，但从此大伯的行动便没有那么方便了。从此后，他就冬天每天都坐在门前的太阳下，夏天坐在路边那瓦房的门楼过道里。社会大不一样了，农村人的岁月也确实比着先前的暗黑有光有色了。先前我的父辈们，用毕生的精力，在为吃穿住房而奋斗，为给子女盖上三间土瓦屋，让子女婚妻嫁人时，可以说得出口并能以这看得见、摸得着的条件为成家立业的人生资本。可现在，那些土房瓦房忽然过时了，像还未及长成就已枯朽的树木样，只能干枯地竖在田头、路边、山野上，告诉人们它们曾经有过的几天、几年的辉煌与生命，宛若没落的贵族子弟站在现代的都市，回忆他们古旧的生活般。从二十年前开始，我们村的人再盖房屋时，都开始追求浑砖到顶的"青堂瓦舍"了，后来再盖就是楼房了。而现在，盖房的不叫盖房了，而叫"建房"或者叫"建筑"，并在这"建筑"中不懈地追求着城里人的厅式和样貌。虽然每一脚时代的步伐从乡村抬起时，城里都早已落下左脚，抬起右脚，向前走了几步、几十步，可这种被当作文明的追求与热情，却年年如火样在烧着乡村人的心。所以说，当我们村头、村街上坐落下一片落伍却被乡村看成时新的建筑时，我大伯用他的血汗最早盖的那三间土瓦房，卧伏在村头的路边上，对于时代，如同堆在岁月中被岁月的荒草掩盖了的一段记忆般，而对于我大伯，则是他人生段落中的一柱石碑或人生纪念碑。

是他命运最为疲惫和辛劳的路标与见证。

那三间瓦房已经没人居住了，但大伯不是天冷了坐在那房前晒太阳，就是天热了坐在过道纳凉儿，仿佛大伯一生的劳作与盖房，就是为了让他在年老后，由那房子陪他度过晚年样，如陪他度过晚年的轮椅、拐杖和寂寞。

后　事

————

　　大伯偏瘫的消息是母亲在一次长途电话中告诉我的。

　　然在二十世纪九十年代初的一天里，我回到老家时，一进村看到大伯独自坐在门口的树荫下，拐杖放在他身边，为了让他能方便地擦手、擦脸和因为半身不遂常流的口水啥的，家里的谁，像给孩子的胸前系上一条手绢样，给大伯的布衫上缝了一条布手绢。我看见大伯孤独地坐在那儿的一瞬间，心里沉一下，泪水差点流出来。那一刻，我在心里感叹道："人生啊——人生！"

　　然而大伯看见我，却一如往日地兴奋和激动，脸上挂着笑，飘着红亮亮的光，想动一下身子时，被我快走几步按住了。那时我把给大伯带的东西留给他，放在他身上，大伯却忽然问我说："听说你想把工作调到北京那儿去？"

　　我朝大伯点点头。

　　而后大伯沉默一会儿，说调往北京如果是为了提拔做官，那是应该的，如果不提拔、不做官，越调离家越远就没有必要了。大伯说我父亲不在了，只留我母亲在老家，我应该把工作调得离家近一些，应该把母亲照顾好才是大事情。之后大伯就催我赶快回家去，说我母亲在家等我回去呢。就是那一次探家时，我决计在我老家给大伯炒一碗鸡蛋炒饭端过去。可和我母亲计划这些时，母亲说大伯有病后，更爱吃大街上的烤红薯；说我哥嫂从县城回来常爱给大伯带一些从城里路边买的烤红薯，又金又红，香香甜甜，大伯说那个才好吃；说我那些叔伯兄弟和嫂子弟媳，对大伯都尽心孝顺，买吃买穿，很少让大伯受什么罪；说村里有几个得了脑血栓的人，大都很快下世了，就是抢救过来落下偏瘫后，也都没有我大伯的状况好。

大伯生活能自理，可以到处走动，和人聊家常。母亲反复说，大伯家的孩子、媳妇、女儿、女婿，个个孝顺实在，人真心真，只是大伯到了享福的年龄，有了享福的条件，反而有病了。那次探家到期前，我又去看望大伯时，大伯跟我谈到了他的生和死。

大伯说："连科，我怕活不了几年啦。"

我说："怎么会。"

大伯说："死倒不可怕，你爹下世多年了，他在那边等着我，我到那边也不寂寞。还有你弟弟铁成和妹妹连云，我常梦见他们呢。"

我说："大伯，你别乱想。"

大伯笑了笑，把靠在他身边的拐杖从身子这边挪到那边去，像小孩子有了不该有的要求有些不好意思样，又像为有了那样的要求和打算，有些坦然、有些骄傲样，说他已经跟我发成哥们说过了，和我的大姐、二姐也都说过了，说他一生好"排场"，再穷也要盖瓦房，孩子们娶媳妇，一定要客人吃够、吃好，还要走时再拿些好吃的。说在村子里，凡是由他经手办的红白事，他都是能大勿小，能多余不节俭，就连谁家死人了，孝子的孝帽、孝衣短小了，他都看不上眼。说他希望到他死的那一天，由闺女、侄女和外甥女们负责的"纸扎""社火"，一定要比别人死后的多。

说村里人死后一般的孝子都是几个、十几个，最多不过几十个，可到了他死后，因为家族大、辈分高，一定要组织好晚辈们，让孝子的队伍最好超过一百个人。

说请的响器班，一定要乐技最好的，最少要请两个响器班，让他们这班吹累了，那班接着吹，都不累又人多时候对吹赛擂台。

大伯给我说了许多他对后事的安排和打算，并说关于棺材、寿衣、孝布、纸扎、社火等人生之后需要的，他都给我的哥哥、弟弟和姐姐、妹妹布置安排了，而我要做的，就是不要到了他突然下世时，因为路远工作忙，赶不回来给他去送葬。

我笑了。

笑着对我大伯说："真的到了那一天，就是我人在天边，也要赶回来。"

而后大伯放心地点点头，宛若他把一件事情布置落实了，他可以坦然离去了。可在落实了这些后，大伯又忽然想到另外一桩事，他问我："我死了你能回来，你媳妇小莉她能回来吗？"

我说："她当然得回来。"

大伯不相信："人家是'外头人'（城里人），到时候她不回来你咋办？"

我笑笑："她不回来奔丧就离婚。"

大伯也笑了。

他笑得自足、自然，仿佛他把自己身后的一切事无巨细全都落实妥当后，剩下的事就是安安静静地坐在阳光下，或者过道里，等着死亡，等着生命最后一刻按部就班地走来或突来。仿佛，生命与死亡在大伯的眼前，是能看见的时间和物质，如同行动着的物体与走动的脚步样，正从哪个方向朝大伯不慌不忙地靠来，一步一步地接近着，如他坐在树荫下时抬起头，看到一片发黄的树叶从树梢摇摇身子落下了，没有风，没有雨，只有一种平静和温暖，只有温煦的阳光包围着那片叶，让它在宁静和美的状态里，因为自身的形体与结构，从空中不急不缓，打着旋儿朝着地面落。而地面上的哪一处，那一处生命中的一个点，正是大伯的躯体和目光。大伯凝目在那一处地界里，看见了那片黄叶的下落和旋转，也正是他生命最后下落的气息和平静，是他人生中最为安详宁静的一刻。只要它落下，大伯的生命就结束。而为了它的落下不那么匆忙和急促，大伯不仅不再害怕它的下落与死亡，而且还在那儿静静地等着那个落下与结束。仿佛大伯明白人生无休无止的疲惫与辛劳、奔波与周旋，其实都是最终为了这一刻——死亡和消失。

大伯对死的坦然让我震惊和尊敬。

大伯对生死关系的理解没有跟我细谈过，但我坚信大伯因为对死的认识，也会对生有新的理解和领悟。大伯不识字，也许正因为不识字，不需要把生与死上升到知识分子理解的哲学高度。因为不识字，也无须因为从书本上读到了几句只言片语、令人悲伤的生死观，而对虚无论有着钻牛角尖般的痛苦和惊慌，从而因为无可遏止的年老、疾病和死亡的到来，终日把自己安置在无奈和惊慌、心悸和悲伤的沉默叹息中。还也许，正因为大伯不识字，因为大伯是农民，因为大伯和所有乡村的人一样，或多或少地有些迷信，相信着来世和去处，他才对生死有那样的坦然和轻淡。我在想，就是大伯不相信有来世，也一定相信人生是有着归宿和去处的。所以，大伯在面对死亡时，才能那么早就显出坦然和镇定、平静和自足，对人生归结去处的路道和归途，有那样世俗却又超凡的修补和安排。

对，大伯一定是相信着人生是自有其去处的。

因为相信有去处，才能显出去时的平静来。一个人，哪怕他相信的是迷信中的轮回观，那也是佛教中对生死的解说和注释，是宗教于生者对死亡的安置和抚摸，是对生命最为本根的呵护和尊爱。

我知道，大伯是不明白佛教、道教、基督教、犹太教和伊斯兰教的人。可他不识字，这也正好让他一出生在那块土地上，就天然地因为对所谓"迷信"的理解，反而认识了宗教的生命观和死亡观，相信了来世与今生、死亡与去处，成为面对死亡反而最为淡漠、平静的人。在面对死亡时，有两种人最为坦然和平静：一是真正的大知识分子们，因为他们能把生死的关系理出头绪、显出见解，上升到哲学的高度去。上升到哲学的高度后，死亡就没有那么可怕了。因为他的死是哲学的诞生和证明，也是生的延续和延展。二是如我大伯这样一些不识字的人。这些农民，相信人生的归宿和去处，可以比较简单地认识到死亡即便不是一种新的开始，也是从一种环境到另一种环境的转移与转换。而面对死亡最为痛苦的人，正是我们这些识字又读书，可又读书不多、思考不够的人，既不能把死亡升华到学理的境界里，又无法简单地去相信死亡是生命的转换与转移，无法相信人生是有着自己的去向与去处的。

终于，面对死亡时，我们成了无数、无数虚无主义者中的一个或一员。而正因为自己认识了一些字，读了一些书，明白一些所谓的生命观和死亡论，所以我们痛苦、消沉和享乐，缺少了那种面对死亡时，如我大伯样的平静和安详。在很长一段时间里，甚至是从幼年直到中年后，我都是一个恐惧死亡的人。每每想到死，常会不寒而栗，暗自泪下，对什么事情都不再有兴趣。可在那次和大伯的谈话后，面对死亡，我有些坦然了。我不相信人在死后灵魂的存在和去处，但大伯让我感觉到，生前能处理一些死后的事，那正好可以缓减生前对死的恐惧和压力。

面向死亡

———

大伯是二〇〇六年农历正月二十六日下世的。

从大伯生病为死亡准备时起，他整整又活了十年。从他七十二岁到八十二岁的十年间，大伯的生命是在和死亡聊天、说话，彼此平和相处之间度过的。八十二岁，在我和我们兄弟的记忆中，这是我们家族里比较高的一个岁数了。但在大伯的命运中，似乎他应该活得比这个年龄再大些，因为他是能够同死亡平和相处的人。在我的观察里，所有的高寿或长命百岁的人，除了他的生理、医疗条件外，之所以长寿的重要原因，就是可以把死亡当作朋友。不惧怕死亡，而把死亡当作敌人的人，会因为为了生命而争斗，反倒最终用力过度而消耗了生命去。反过来因为惧怕死亡，虽不去为生命争斗而消耗生命，却会因为惧怕而更早地招致死亡的到来或突袭。可那些能够把死亡当作朋友、同事、亲友，甚或是亲人的人，因为与死亡可以平和相处，同室一居，同言同说，晨起而乐，日止而眠，视死亡是生命的幕僚和命运最后的亲近者，恰恰会因为生命在即将终止时，死亡和他们无碍的相处，使死亡忘记了它回程的日期，于是他就可以在人世多待一些时日和岁月。

我以为，我大伯是我们家族里与死亡相处最安的人。他之所以能够那么早就平静地安排好自己的后事，皆是因了他这一生前三分之二的生命中的琐碎、苦难和活着的坚韧，让他在后三分之一的生命历程内，得到了子女们孝心的回报与他对苦难的知足而乐的回应，从而使他不仅相信死亡是生命走向另一去处的起程，而且也是某种转移与转化的另一种开始。这样，如同死亡就是农闲时的赶集样，在乡村农民人生的晚年，简单的吃饱穿暖、儿女满堂的人生，也正是一年中的农闲季节。既然是农闲，既然死亡是农闲时的一次出门赶集或到邻村亲戚中的生命走串，那就不用那么着急上路，那么仓仓促促了。

在哪里似乎读到过这样的话，说死亡是来邀你上路走串的一张画面悲凉抑或印制华美的通知书。那么，既然通知已经到达了，就先不要急于打开那函书和信封，不要急于去看那通知上的日期和说辞，只知道那通知已经到来就够了，把通知的函书放在床头或者桌角上；再或索性夹在你书架的某一册书页里；再或者，就随手夹在农家屋院那大红大绿、有些俗气，却的确鲜艳的年历的背后，该忙什么就忙着什么去，下雨了打伞，天热了扇风，一切都让原有的生活不因为那通知的到来和提醒而发生变化和改变。横竖你要记住这一点，死亡的函书日期将至时，你忘掉起程的日期后，那么通知就没意义了，死亡也许就不再给你寄达新的函书了，而后也许它就会亲自登门了。

在死亡登门到你的面前时，你不要慌乱，不要急促，不要不知所措或对死亡呵斥或怒骂，就像怒骂一个不受你欢迎的客人或敌人。它来了，你就把它请到屋子里，请到桌子边，请到床头前，以礼相待，平暖相处，聊天喝茶，静气而开心；也或许，你们谈着谈着，聊着聊着，来邀你、请你，或挟持你从此地到彼地迅速上路的死亡，也会忘了它的使命和起程的日期了。

这样儿，你就高寿了，从死亡的手里或者口袋里，要回了或说让它奉赠了你几天、几月、几年甚或十几年或者几十年的生命和美好。

从我大伯生命的历程和他最后生命的十年里，我不能定断他明白与死亡相处的秘诀和密码，但他有意无意地证实了这一点：正是他与死亡的平和相处，才使他总是多病而无恙。可也正是他只是有意无意、模模糊糊地证实了这一点，而不是明了牢记这一点，才使他在八十二岁时，因为忘记了死亡的存在，忘记了死亡始终与他如影随形、朝夕相伴，只是因着他们相处得过久，并过度了解彼此时，大伯忽略了死亡在他身边的存在和跟随，而最终导致了死亡在凡尘滞步的惊醒。死亡便在一怔之后，灵醒了它的使命和归期，一下子就把我的大伯带走了。

去　处

——

　　大伯是在冬天烤火时，起身添加柴火不慎摔倒在火边猝死的。如果大伯那天不烤火，如果大伯那天记住自己是病人，添加柴火时再慢一些，如果大伯记住自己十年来，生活基本自理，可终归还是个偏瘫的人，他就不会摔倒在火盆边，就不会因为这一摔，惊醒了死亡的记忆，而让他很快地离开人世，离开我的那些叔伯兄弟。

　　从大伯摔倒到送进医院里，这不到二里的路程，大伯没有走完，就同死亡一道起程，从此往他的彼地走去了。

　　他去了，子女们完全按照他的愿望安排了他的后事和葬事。请了两班乐技最好的响器班，买来的纸扎和社火，多得使他的灵棚前边摆不下，不得不摆在灵棚外的路两边。为了让他死后对子女们彻底地安心和放心，那次安葬，还为我的铁成弟进行了"冥婚"的仪式，并一道把铁成弟弟和弟媳的骨棺随着大伯送进了祖坟里。

　　我是在大伯死后的第二天夜里赶回家里的。月光明亮，冬寒未尽，村头上宁静而空旷。大伯灵棚那儿的灯光，在静夜里照着人生的一些暗角。回家奔丧的那两晚，我睡在大伯身下的麦秸草里守着灵，待夜深人静时，我起床去大伯的头前换那将尽的燃香那一刻，我听见大伯给我说了如下几句话。

大伯说："人生啊，活着就不要特别劳累你自己。"

大伯说："北京离家远，城市也大得无际无边呢，你在那儿烦了闷了就多回老家走一走。别忘了我们是农民，别忘了你是这块黄土上的人。"

大伯说："你年轻活着时，要好好和生活相处在一起；到你年老，疾病和孤独降临时，你一定要和死亡好好相处在一起。别忘了死亡其实每时每刻都如影随形地跟着你，也别每天都记住死亡每时每刻都和你在一起。"

在大伯死后的第三天，我们兄弟十几人和姐妹二十几个人，加上大大小小的晚辈和同族与亲戚，共有孝子一百二十几个人，组成浩浩荡荡的白色队伍，在民乐声中把我大伯热热闹闹送进了几里外山坡上的祖坟里。安葬了大伯后，望着同我父亲的坟墓并排在左的一堆新土，在所有的孝子都离开坟地后，我们弟兄在那新土的前边，点火烧了那一堆一片的花圈和纸扎。直到最后的火焰熄灭后，在能听到纸灰飞舞的寂静里，我对大伯说："你好生静待在这儿，我们弟兄们会好好活在这个世界上，直到有一天我们也到这儿来。"